Dans la collection Aventure & Voyage
aux éditions North Star

Pêcheur d'Islande
Jérusalem
Aziyadé

Recueil d'Isabelle Eberhard
Voyage avec un âne dans les Cévennes
L'île au trésor

Du même auteur, Anthologie sauvage

... Et d'autres à venir

Retrouvez l'ensemble de nos parutions sur notre site
http://north-stared.wix.com/editions

J.H. Rosny Aîné

(1856 - 1940)

La Guerre du Feu

Roman des âges farouches

1909-1910

PARIS

Né à Bruxelles en 1856, J.H. Rosny aîné suit des études scientifiques touchant tant aux mathématiques qu'à la physique-chimie et aux sciences naturelles.

Il publie son premier roman en 1886 : *Nell Horn de l'armée du Salut*. En 1887, il commence alors à écrire et à publier, avec son frère, sous le pseudonyme de *J.-H. Rosny*.

En 1887, il fait paraître *Les Xipéhuz*, dont l'action se déroule dans une lointaine préhistoire et voit se rencontrer humains et intelligence non organique. Rosny partagera d'ailleurs son « œuvre fantastique » entre récits de science-fiction (dont le terme n'existe pas encore) et récits préhistoriques, comme *Vamireh* (1892, écrit avec son frère et considéré comme le premier véritable roman préhistorique) et surtout *La Guerre du feu* (1909). C'est en 1897, que J.-H. Rosny est nommé chevalier de la légion d'Honneur.

Ses œuvres de « science-fiction » les plus connues comprennent : *Le Cataclysme* (1888, repris en 1896), *Un Autre Monde* (1895), *La Mort de la Terre* (1910), *La Force mystérieuse* (1913), *Les Navigateurs de l'infini* (1925). Il reçoit la Légion d'honneur en 1897. En 1908, les frères Rosny cessent de publier conjointement : Joseph-Henri signa dès lors « J.H. Rosny aîné », et Séraphin-Justin « J.-H. Rosny jeune ».

Dans son testament, Edmond de Goncourt nomme les frères J.-H. Rosny pour faire partie de la Société littéraire des Goncourt. Plus connue sous le nom d'Académie Goncourt, elle a officiellement été reconnue le 1ᵉʳ mars 1900. Le premier Prix Goncourt fut attribué le 26 février 1903. J.-H. Rosny aîné en sera le président de 1926 jusqu'à sa mort en <u>1940</u>, date à laquelle J.-H. Rosny jeune prend sa succession.

Naturalisé français le 31 mai 1890, il n'a pas renoncé à la citoyenneté belge : Joseph Henri Boex possédait donc la double nationalité.

J.-H. Rosny aîné peut être considéré comme un des auteurs fondateurs de la science-fiction. Ses récits cataclysmiques ont été publiés avant ceux de H. G. Wells. Son influence fut considérable : Arthur Conan Doyle a repris la trame de sa *Force mystérieuse* dans sa *Ceinture empoisonnée*. Son court roman *Les Navigateurs de l'infini* (1925), considéré parfois comme son chef-d'œuvre, a introduit le terme d'*astronautique*.

Son nom a été donné à un prix littéraire de science-fiction de langue française : le <u>Prix Rosny aîné</u>.

À Théodore Duret

Ce voyage dans la très lointaine préhistoire, aux temps où l'homme ne traçait encore aucune figure sur la pierre ni sur la corne, il y a peut-être cent mille ans.

Son admirateur et ami,

J.-H. Rosny Aîné.

Première partie

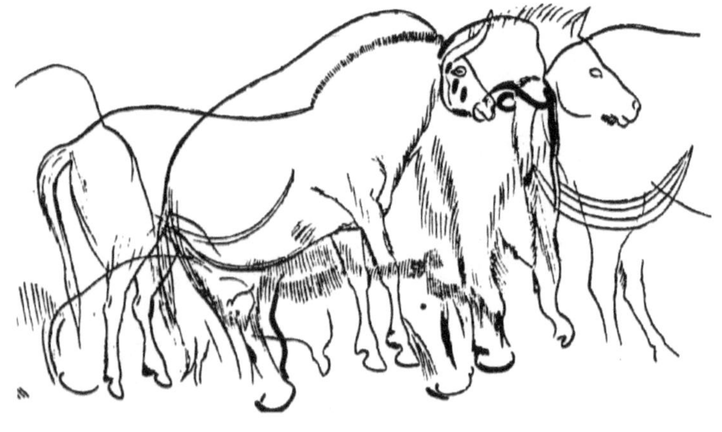

LA MORT DU FEU

Les Oulhamr fuyaient dans la nuit épouvantable. Fous de souffrance et de fatigue, tout leur semblait vain devant la calamité suprême : le Feu était mort. Ils l'élevaient dans trois cages, depuis l'origine de la horde ; quatre femmes et deux guerriers le nourrissaient nuit et jour.

Dans les temps les plus noirs, il recevait la substance qui le fait vivre ; à l'abri de la pluie, des tempêtes, de l'inondation, il avait franchi les fleuves et les marécages, sans cesser de bleuir au matin et de s'ensanglanter le soir. Sa face puissante éloignait le lion noir et le lion jaune, l'ours des cavernes et l'ours gris, le mammouth, le tigre et le léopard ; ses dents rouges protégeaient l'homme contre le vaste monde. Toute joie habitait près de lui. Il tirait des viandes une odeur savoureuse, durcissait la pointe des épieux, faisait éclater la pierre dure ; les membres lui soutiraient une douceur pleine de force ; il rassurait la horde dans les forêts tremblantes, sur la savane interminable, au fond des cavernes. C'était le Père, le Gardien, le Sauveur, plus farouche cependant, plus terrible que les mammouths, lorsqu'il fuyait de la cage et dévorait les arbres.

Il était mort ! L'ennemi avait détruit deux cages ; dans la troisième, pendant la fuite, on l'avait vu défaillir, pâlir et décroître. Si faible, il ne pouvait mordre aux herbes du marécage ; il palpitait comme une bête malade. À la fin, ce fut un insecte rougeâtre, que le vent meurtrissait à chaque souffle... Il s'était évanoui... Et les Oulhamr fuyaient, dépouillés, dans la nuit d'automne. Il n'y avait pas d'étoiles. Le ciel pesant touchait les eaux pesantes ; les plantes tendaient leurs fibres froides ; on entendait clapoter les reptiles ; des hommes, des femmes, des enfants s'engloutissaient, invisibles. Autant qu'ils le pouvaient, orientés par la voix des guides, les Oulhamr suivaient une ligne de terre plus haute et plus dure, tantôt à gué, tantôt sur des îlots.

Trois générations avaient connu cette route, mais il aurait fallu la lueur des astres. Vers l'aube, ils approchèrent de la savane.

Une lueur transie filtra parmi les nuages de craie et de schiste. Le vent tournoyait sur des eaux aussi grasses que du bitume ; les algues s'enflaient en pustules ; les sauriens engourdis roulaient parmi les nymphéas et les sagittaires. Un héron s'éleva sur un arbre de cendre et la savane apparut avec ses plantes grelottantes, sous une vapeur rousse, jusqu'au fond de l'étendue.

Les hommes se dressèrent, moins recrus, et, franchissant les roseaux, ils furent dans les herbes, sur la terre forte.

Alors, la fièvre de mort tombée, beaucoup devinrent des bêtes inertes : ils coulèrent sur le sol, ils sombrèrent dans le repos. Les femmes résistaient mieux que les hommes ; celles qui avaient perdu leurs enfants dans le marécage hurlaient comme des louves ; toutes sentaient sinistrement la déchéance de la race et les lendemains lourds ; quelques-unes, ayant sauvé leurs petits, les élevaient vers les nuages.

Faouhm, dans la lumière neuve, dénombra sa tribu, à l'aide de ses doigts et de rameaux. Chaque rameau représentait les doigts des deux mains. Il dénombrait mal ; il vit cependant qu'il restait quatre rameaux de guerriers, plus de six rameaux de femmes, environ trois rameaux d'enfants, quelques vieillards.

Et le vieux Goûn, qui comptait mieux que tous les autres, dit qu'il ne demeurait pas un homme sur cinq, une femme sur trois et un enfant sur un rameau. Alors ceux qui veillaient sentirent l'immensité du désastre. Ils connurent que leur descendance était menacée dans sa source et que les forces du monde devenaient plus formidables : ils allaient rôder, chétifs et nus, sur la terre.

Malgré sa force, Faouhm désespéra. Il ne se fiait plus à sa stature ni à ses bras énormes ; sa grande face où s'aggloméraient des poils durs, ses yeux, jaunes comme ceux des léopards, montraient une lassitude écrasante ; il considérait les blessures que lui avaient faites la lance et la flèche ennemies ; il buvait par intervalles, à l'avant du bras, le sang qui coulait encore.

Comme tous les vaincus, il évoquait le moment où il avait failli vaincre. Les Oulhamr se précipitaient pour le carnage ; lui, Faouhm, crevait les têtes sous sa massue. On allait anéantir les hommes, enlever les femmes, tuer le Feu ennemi, chasser sur des savanes nouvelles et dans des forêts abondantes. Quel souffle avait passé ? Pourquoi les Oulhamr avaient-ils tournoyé dans l'épouvante, pourquoi est-ce leurs os qui craquèrent, leurs ventres qui vomirent les entrailles, leurs poitrines qui hurlèrent l'agonie, tandis que l'ennemi, envahissant le camp, renversait les Feux Sacrés ? Ainsi s'interrogeait l'âme de

Faouhm, épaisse et lente. Elle s'acharnait sur ce souvenir, comme l'hyène sur sa carcasse. Elle ne voulait pas être déchue, elle ne sentait pas qu'elle eût moins d'énergie, de courage et de férocité.

La lumière s'éleva dans sa force. Elle roulait sur le marécage, fouillant les boues et séchant la savane. La joie du matin était en elle, la chair fraîche des plantes. L'eau parut plus légère, moins perfide et moins trouble. Elle agitait des faces argentines parmi les îles vert-de-grisées ; elle jetait de longs frissons de malachite et de perles, elle étalait des soufres pâles, des écaillures de mica, et son odeur était plus douce à travers les saules et les aulnes. Selon le jeu des adaptations et des circonstances, triomphaient les algues, étincelait le lis des étangs ou le nénuphar jaune, surgissaient les flambes d'eau, les euphorbes palustres, les lysimaques, les sagittaires, s'étalaient des golfes de renoncules à feuilles d'aconit, des méandres d'orpin velu, de linaigrettes, d'épilobes roses, de cardamines amères, de rossolis, des jungles de roseaux et d'oseraies où pullulaient les poules d'eau, les chevaliers noirs, les sarcelles, les pluviers, les vanneaux aux reflets de jade, la lourde outarde ou la marouette aux longs doigts. Des hérons guettaient au bord des criques roussâtres ; des grues s'ébattaient en claquant sur un promontoire ; le brochet barbelé se ruait sur les tanches, et les dernières libellules filaient en traits de feu vert, en zigzags de lazurite.

Faouhm considérait sa tribu. Le désastre était sur elle comme une portée de reptiles : jaune de limon, écarlate de sang, verte d'algues, elle jetait une odeur de fièvre et de chair pourrie. Il y avait des hommes roulés sur eux-mêmes comme des pythons, d'autres allongés comme des sauriens et quelques-uns râlaient, saisis par la mort. Les blessures devenaient noires, hideuses au ventre, plus encore à la tête, où elles s'élargissaient de l'éponge rougie des cheveux. Presque tous devaient guérir, les plus atteints ayant succombé sur l'autre rive ou péri dans les eaux.

Faouhm, détachant ses yeux des dormeurs, examina ceux qui ressentaient plus amèrement la défaite que la lassitude. Beaucoup témoignaient de la belle structure des Oulhamr. C'étaient de lourds visages, des crânes bas, des mâchoires violentes. Leur peau était fauve, non noire ; presque tous produisaient des torses et des membres velus. La subtilité de leurs sens s'étendait à l'odorat, qui luttait avec celui des bêtes. Ils avaient des yeux grands, souvent féroces, parfois hagards, dont la beauté se révélait vive chez les enfants et chez quelques jeunes filles. Les tribus paléolithiques vivaient dans une atmosphère profonde ; leur chair recelait une jeunesse qui ne reviendra plus, fleur d'une vie dont nous imaginons imparfaitement l'énergie et la véhémence.

Faouhm leva les bras vers le soleil, avec un long hurlement :

– Que feront les Oulhamr sans le Feu ? cria-t-il. Comment vivront-ils sur la savane et la forêt, qui les défendra contre les ténèbres et le vent d'hiver ? Ils devront manger la chair crue et la plante amère ; ils ne réchaufferont plus leurs membres ; la pointe de l'épieu demeurera molle. Le lion, la bête-aux-dents-déchirantes, l'ours, le tigre, la grande hyène les dévoreront vivants dans la nuit. Qui ressaisira le Feu ? Celui-là sera le frère de Faouhm ; il aura trois parts de chasse, quatre parts de butin ; il recevra en partage Gammla, fille de ma sœur, et, si je meurs, il prendra le bâton de commandement.

Alors Naoh, fils du Léopard, se leva et dit :

— Qu'on me donne deux guerriers aux jambes rapides et j'irai prendre le Feu chez les fils du Mammouth ou chez les Dévoreurs d'Hommes, qui chassent aux bords du Double-Fleuve.

Faouhm ne lui jeta pas un regard favorable. Naoh était, par la stature, le plus grand des Oulhamr. Ses épaules croissaient encore. Il n'y avait point de guerrier aussi agile, ni dont la course fût plus durable. Il terrassait Moûh, fils de l'Urus, dont la force approchait celle de Faouhm. Et Faouhm le redoutait. Il lui commandait des tâches rebutantes, l'éloignait de la tribu, l'exposait à la mort.

Naoh n'aimait pas le chef ; mais il s'exaltait à la vue de Gammla, allongée, flexible et mystérieuse, la chevelure comme un feuillage. Naoh la guettait parmi les oseraies, derrière les arbres ou dans les replis de la terre, la peau chaude et les mains vibrantes. Il était, selon l'heure, agité de tendresse ou de colère. Quelquefois il ouvrait les bras, pour la saisir lentement et avec douceur, quelquefois il songeait à se précipiter sur elle, comme on fait avec les filles des hordes ennemies, à la jeter sur le sol d'un coup de massue. Pourtant, il ne lui voulait aucun mal : s'il l'avait eue pour femme, il l'aurait traitée sans rudesse, n'aimant pas à voir croître sur les visages la crainte qui les rend étrangers.

En d'autres temps, Faouhm aurait mal accueilli les paroles de Naoh. Mais il ployait sous le désastre. Peut-être, l'alliance avec le fils du Léopard serait bonne ; sinon, il saurait bien le mettre à mort. Et, se tournant vers le jeune homme :

— Faouhm n'a qu'une langue. Si tu ramènes le Feu, tu auras Gammla, sans donner aucune rançon en échange. Tu seras le fils de Faouhm.

Il parlait la main haute, avec lenteur, rudesse et mépris.

Puis il fit un signe à Gammla.

Elle s'avançait, tremblante, levant ses yeux variables, pleins du feu humide des fleuves. Elle savait que Naoh la guettait parmi les herbes et dans les ténèbres : lorsqu'il paraissait au détour des herbes, comme s'il allait fondre sur elle, elle le redoutait ; parfois aussi son image ne lui était pas désagréable ; elle souhaitait tout ensemble qu'il pérît sous les coups des Dévoreurs d'Hommes et qu'il ramenât le Feu.

La main rude de Faouhm s'abattit sur l'épaule de la fille ; il cria, dans son orgueil sauvage :

— Laquelle est mieux construite parmi les filles des hommes ? Elle peut porter une biche sur son épaule, marcher sans défaillir du soleil du matin au soleil du soir, supporter la faim et la soif, apprêter la peau des bêtes, traverser un lac à la nage ; elle donnera des enfants indestructibles. Si Naoh ramène le Feu, il viendra la saisir sans donner des haches, des cornes, des coquilles ni des fourrures !...

Alors Aghoo, fils de l'Aurochs, le plus velu des Oulhamr, s'avança, plein de convoitise :

— Aghoo veut conquérir le Feu. Il ira avec ses frères guetter les ennemis par-delà le fleuve. Et il mourra par la hache, la lance, la dent du tigre, la griffe du lion géant, ou il rendra aux Oulhamr le Feu sans lequel ils sont faibles comme des cerfs ou des saïgas.

On n'apercevait de sa face qu'une bouche bordée

de chair crue et des yeux homicides. Sa stature trapue exagérait la longueur de ses bras et l'énormité de ses épaules ; tout son être exprimait une puissance rugueuse, inlassable et sans pitié. On ignorait jusqu'où allait sa force : il ne l'avait exercée ni contre Faouhm, ni contre Moûh, ni contre Naoh. On savait qu'elle était énorme. Il ne l'essayait dans aucune lutte pacifique : tous ceux qui s'étaient dressés sur son chemin avaient succombé, soit qu'il se bornât à leur mutiler un membre, soit qu'il les supprimât et joignît leurs crânes à ses trophées. Il vivait à distance des autres Oulhamr, avec ses deux frères, velus comme lui, et plusieurs femmes réduites à une servitude épouvantable. Quoique les Oulhamr pratiquassent naturellement la dureté envers eux-mêmes et la férocité envers autrui, ils redoutaient, chez les fils de l'Aurochs, l'excès de ces vertus. Une réprobation obscure s'élevait, première alliance de la foule contre une insécurité excessive.

Un groupe se pressait autour de Naoh, à qui la plupart reprochaient son peu d'âpreté dans la vengeance. Mais ce vice, parce qu'il se rencontrait chez un guerrier redoutable, plaisait à ceux qui n'avaient pas reçu en partage les muscles épais ni les membres véloces.

Faouhm ne détestait pas moins Aghoo que le fils du Léopard ; il le redoutait davantage. La force velue et sournoise des frères semblait invulnérable. Si l'un des trois voulait la mort d'un homme, tous trois la voulaient ; quiconque leur déclarait la guerre devait périr ou les exterminer.

Le chef recherchait leur alliance ; ils se dérobaient, murés dans leur méfiance, incapables de croire ni à la parole ni aux actes des êtres, courroucés par la bienveillance et ne comprenant pas d'autre flatterie que la terreur. Faouhm, aussi défiant et aussi impitoyable, avait pourtant les qualités d'un chef : elles comportaient l'indulgence pour ses partisans, le besoin de la louange, quelque socialité étroite, rare, exclusive, tenace.

Il répondit avec une déférence brutale :

— Si le fils de l'Aurochs rend le Feu aux Oulhamr, il prendra Gammla sans rançon, il sera le second homme de la tribu, à qui tous les guerriers obéiront en l'absence du chef.

Aghoo écoutait d'un air brutal : tournant sa face touffue vers Gammla, il la considérait avec convoitise ; ses yeux ronds se durcirent de menace.

— La fille du Marécage appartiendra au fils de l'Aurochs ; tout autre homme qui mettra la main sur elle sera détruit.

Ces paroles irritèrent Naoh. Acceptant violemment la guerre, il clama :

— Elle appartiendra à celui qui ramènera le Feu !

— Aghoo le ramènera !

Ils se regardaient. Jusqu'à ce jour, il n'avait existé entre eux aucun sujet de lutte. Conscients de leur force mutuelle, sans goûts communs ni rivalité immédiate, ils ne se rencontraient point, ils ne chassaient pas ensemble. Le discours de Faouhm avait créé la haine.

Aghoo, qui, la veille, ne regardait guère Gammla, lorsqu'elle passait, furtive, sur la savane, tressaillit dans sa chair, tandis que Faouhm vantait la fille. Construit pour les impulsions subites, il la voulut aussi âprement que s'il l'avait voulue depuis des saisons. Dès lors, il condamnait tout rival ; il n'eut pas même de résolution à prendre ; sa résolution était dans chacune de ses fibres.

Naoh le savait. Il assura sa hache dans la main gauche et son épieu dans la droite. Au défi d'Aghoo, ses frères surgirent en silence, sournois et formidables. Ils lui ressemblaient étrangement, plus fauves encore, avec des îlots de poil rouge, des yeux moirés comme les élytres des carabes. Leur souplesse était aussi inquiétante que leur force.

Tous trois, prêts au meurtre, guettaient Naoh. Mais une rumeur s'éleva parmi les guerriers. Même ceux qui blâmaient en Naoh la faiblesse de ses haines ne voulaient pas le voir périr après la destruction de tant d'Oulhamr et lorsqu'il promettait de ramener le Feu. On le savait riche en stratagèmes, infatigable, habile dans l'art d'entretenir la flamme la plus chétive et de la faire rejaillir des cendres : beaucoup croyaient à sa chance.

À la vérité, Aghoo aussi avait la patience et la ruse qui font aboutir les entreprises, et les Oulhamr comprenaient l'utilité d'une double tentative. Ils se levèrent en tumulte ; les partisans de Naoh, s'encourageant aux clameurs, se rangèrent en bataille.

Étranger à la crainte, le fils de l'Aurochs ne méprisait pas la prudence. Il remit à plus tard la querelle. Goûn-aux-os-secs rassembla les idées brumeuses de la foule :

— Les Oulhamr veulent-ils disparaître du monde ? Oublient-ils que les ennemis et les eaux ont détruit tant de guerriers ? Sur quatre, il en demeure un seul. Tous ceux qui peuvent porter la hache, l'épieu et la massue doivent vivre. Naoh et Aghoo sont forts parmi les hommes qui chassent dans la forêt : si l'un d'eux meurt, les Oulhamr seront plus affaiblis que s'il en périssait quelques autres... La fille du Marécage servira celui qui nous rendra le Feu ; la horde veut qu'il en soit ainsi.

– Qu'il en soit ainsi ! appuyèrent des voix rugueuses.

Et les femmes, redoutables par leur nombre, par leur force presque intacte, par l'unanimité de leur sentiment, clamèrent :

– Gammla appartiendra au ravisseur du Feu !

Aghoo haussa ses épaules poilues. Il exécra la foule, mais ne jugea pas utile de la braver. Sûr de devancer Naoh, il se réserva, selon les rencontres, de combattre son rival et de le faire disparaître. Et sa poitrine s'enfla de confiance.

2

LES MAMMOUTHS ET LES AUROCHS

C'était à l'aube suivante. Le vent du haut soufflait dans la nue, tandis que, au ras de la terre et du marécage, l'air pesait, torpide, odorant et chaud. Le ciel tout entier, vibrant comme un lac, agitait des algues, des nymphéas, des roseaux pâles. L'aurore y roula ses écumes. Elle s'élargit, elle déborda en lagunes de soufre, en golfes de béryl, en fleuves de nacre rose.

Les Oulhamr, tournés vers ce feu immense, sentaient, au fond de leur âme, grandir quelque chose qui était presque un culte, et qui gonflait aussi les petites cornemuses des oiseaux dans l'herbe de la savane et les oseraies du marécage. Mais des blessés gémirent de soif ; un guerrier mort étendait des membres bleus : une bête nocturne lui avait mangé le visage.

Goûn balbutia des plaintes vagues, presque rythmiques, et Faouhm fit jeter le cadavre dans les eaux.

Puis l'attention de la tribu s'attacha aux conquérants du Feu, Aghoo et Naoh, prêts à partir. Les Volus portaient la massue, la hache, l'épieu, la sagaie à pointe de silex ou de néphrite. Naoh, comptant sur la ruse plutôt que sur la force, avait, à des guerriers robustes, préféré deux jeunes hommes agiles et capables de fournir une longue course. Ils avaient chacun une hache, l'épieu et des sagaies. Naoh y joignait la massue de chêne, une branche à peine dégrossie et durcie au feu. Il préférait cette arme à toute autre et l'opposait même aux grands carnivores.

Faouhm s'adressa d'abord à l'Aurochs :

— Aghoo est venu à la lumière avant le fils du Léopard. Il choisira sa route. S'il va vers les Deux-Fleuves, Naoh tournera les marais, au Soleil couchant..., et, s'il tourne les marais, Naoh ira vers les Deux-Fleuves.

— Aghoo ne connaît pas encore sa route ! protesta le Velu. Il cherche le Feu ; il peut aller le matin vers le fleuve, le soir vers le marécage. Le chasseur qui suit le sanglier sait-il où il le tuera ?

— Aghoo changera de route plus tard, intervint Goûn, que soutinrent les murmures de la horde. Il ne peut à la fois partir pour le Soleil couchant et pour les Deux-Fleuves. Qu'il choisisse !

Dans son âme obscure, le fils de l'Aurochs comprit qu'il aurait tort, non de braver le chef, mais d'éveiller la défiance de Naoh. Il s'écria, tournant son regard de loup sur la foule :

— Aghoo partira vers le Soleil couchant !

Et, faisant un signe brusque à ses frères, il se mit en route le long du marécage.

Naoh ne se décida pas aussi vite. Il désirait sentir encore dans ses yeux l'image de Gammla. Elle se tenait sous un frêne, derrière le groupe du chef, de Goûn et des vieillards.

Naoh s'avança ; il la vit immobile, le visage tourné vers la savane. Elle avait jeté dans sa chevelure des fleurs sagittaires et un nymphéa couleur de lune ; une lueur semblait sourdre de sa peau, plus vive que celle des fleuves frais et de la chair verte des arbres.

Naoh respira l'ardeur de vivre, le désir inquiet et inextinguible, le vœu redoutable qui refait les bêtes et les plantes. Son cœur s'enfla si fort qu'il en étouffait, plein de tendresse et de colère ; tous ceux qui le séparaient de Gammla parurent aussi détestables que les fils du Mammouth ou les Dévoreurs d'Hommes. Il éleva son bras armé de la hache et dit :

— Fille du Marécage, Naoh ne reviendra pas, il disparaîtra dans la terre, les eaux, le ventre des hyènes, ou il rendra le Feu aux Oulhamr. Il rapportera à Gammla des coquilles, des pierres bleues, des dents de léopard et des cornes d'aurochs.

À ces paroles, elle posa sur le guerrier un regard où palpitait la joie des enfants. Mais Faouhm, s'agitant avec impatience :

— Les fils de l'Aurochs ont disparu derrière les peupliers.

Alors Naoh se dirigea vers le sud.

Naoh, Gaw et Nam marchèrent tout le jour sur la savane. Elle était encore dans sa force : les herbes suivaient les herbes comme les flots se suivent sur la mer. Elle se courbait sous la brise, craquait sous le soleil, semait dans l'espace l'âme innombrable des parfums ; elle était menaçante et féconde, monotone dans sa masse, variée dans son détail et produisait autant de bêtes que de fleurs, autant d'œufs que de semences. Parmi les forêts de gramens, les îles de genêts, les péninsules de bruyères, se glissaient le plantain, le millepertuis, les sauges, les renoncules,

les achillées, les silènes et les cardamines. Parfois, la terre nue vivait la vie lente du minéral, surface primordiale où la plante n'a pu fixer ses colonnes inlassables. Puis reparaissaient des mauves et des églantines, des gôlantes ou des centaurées, le trèfle rouge ou les buissons étoilés.

Il s'élevait une colline, il se creusait une combe ; une mare stagnait, pullulante d'insectes et de reptiles ; quelque roc erratique dressait son profil de mastodonte ; on voyait filer des antilopes, des lièvres, des saïgas, surgir des loups ou des chiens, s'élever des outardes ou des perdrix, planer les ramiers, les grues et les corbeaux ; des chevaux, des hémiones et des élans galopaient en bandes. Un ours gris, avec des gestes de grand singe et de rhinocéros, plus fort que le tigre et presque aussi redoutable que le lion géant, rôda sur la terre verte ; des aurochs parurent au bord de l'horizon.

Naoh, Nam et Gaw campèrent le soir au pied d'un tertre ; ils n'avaient pas franchi le dixième de la savane, ils n'apercevaient que les vagues déferlantes de l'herbe. La terre était plane, uniforme et mélancolique, tous les aspects du monde se faisaient et se défaisaient dans les vastes nues du crépuscule. Devant leurs feux sans nombre, Naoh songeait à la petite flamme qu'il allait conquérir. Il semblait qu'il n'aurait qu'à gravir une colline, à étendre une branche de pin pour saisir une étincelle aux brasiers qui consumaient l'occident.

Les nuages noircirent. Un abîme pourpre demeura longtemps au fond de l'espace, les petites pierres brillantes des étoiles surgissaient l'une après l'autre, l'haleine de la nuit souffla.

Naoh, accoutumé au bûcher des veilles, barrière

claire posée devant la mer des ténèbres, sentit sa faiblesse. L'ours gris pouvait apparaître, ou le léopard, le tigre, le lion, quoiqu'ils pénétrassent rarement au large de la savane ; un troupeau d'aurochs immergerait, sous ses flots, la fragile chair humaine ; le nombre donnait aux loups la puissance des grands fauves, la faim les armait de courage.

Les guerriers se nourrirent de chair crue. Ce fut un repas chagrin ; ils aimaient le parfum des viandes rôties. Ensuite Naoh prit la première veille. Tout son être aspirait la nuit. Il était une forme merveilleuse, où pénétraient les choses subtiles de l'Univers : par sa vue, il captait les phosphorescences, les formes pâles, les déplacements de l'ombre et il montait parmi les astres ; par son ouïe, il démêlait les voix de la brise, le craquement des végétaux, le vol des insectes et des rapaces, le pas et le rampement des bêtes ; il distinguait au loin le glapissement du chacal, le rire de l'hyène, la hurlée des loups, le cri de l'orfraie, le grincement des locustes ; par sa narine pénétraient le souffle de la fleur amoureuse, la senteur gaie des herbes, la puanteur des fauves, l'odeur fade ou musquée des reptiles. Sa peau tressaillait à mille variations ténues du froid et du chaud, de l'humidité et de la sécheresse. Ainsi vivait-il de ce qui remplissait l'Espace et la Durée.

Cette vie n'était point gratuite, mais dure et pleine de menace.

Tout ce qui la construisait pouvait la détruire ; elle ne persisterait que par la vigilance, la force, la ruse, un infatigable combat contre les choses.

Naoh guettait, dans les ténèbres, les crocs qui coupent, les griffes qui déchirent, l'œil en feu des mangeurs de chair. Beaucoup discernaient dans les hommes des bêtes puissantes et ne s'attardaient point. Il passa des hyènes avec des mâchoires plus terribles que celles des lions : mais elles n'aimaient point la bataille et recherchaient la chair morte. Il passa une troupe de loups, et ils s'attardèrent : ils connaissaient la puissance du nombre, ils se devinaient presque aussi forts que les Oulhamr. Toutefois, leur faim n'étant pas excessive, ils suivirent des traces d'antilopes. Il passa des chiens, comparables aux loups ; ils hurlèrent longtemps autour du tertre. Tantôt ils menaçaient, tantôt l'un ou l'autre approchait avec des allures sournoises. Ils n'attaquaient pas volontiers la bête verticale. Jadis, ils campaient en nombre près de la horde ; ils dévoraient les rebuts et se mêlaient aux chasses. Goûn fit alliance avec deux chiens auxquels il abandonnait des entrailles et des os. Ils avaient péri dans un combat contre le sanglier, car Faouhm, ayant pris le commandement, ordonna un grand massacre.

Cette alliance attirait Naoh ; il y sentait une force neuve, plus de sécurité et plus de pouvoir. Mais, dans la savane, seul avec deux guerriers, il en concevait surtout le péril. Il l'eût tentée avec peu de bêtes, non avec un troupeau.

Cependant, les chiens resserraient le cercle ; leurs cris devenaient rares, et leurs souffles vifs. Naoh s'en émut. Il prit une poignée de terre, il la lança sur le plus audacieux, criant :

— Nous avons des épieux et des massues qui peuvent détruire l'ours, l'aurochs et le lion !...

Le chien, atteint à la gueule et surpris par les inflexions de la parole, s'enfuit. Les autres s'appelèrent et parurent délibérer. Naoh jeta une nouvelle poignée de terre :

– Vous êtes trop faibles pour combattre les Oulhamr ! Allez chercher les saïgas et détruire les loups. Le chien qui approchera encore répandra ses entrailles.

Éveillés par la voix du chef, Nam et Gaw se dressèrent ; ces nouvelles silhouettes déterminèrent la retraite des bêtes.

Naoh marcha sept jours en évitant les embûches du monde. Elles augmentaient à mesure qu'on approchait de la forêt. Quoiqu'elle fût à plusieurs journées encore, elle s'annonçait par des îlots d'arbres, par l'apparition des grands fauves ; les Oulhamr aperçurent le tigre et la grande panthère. Les nuits devinrent pénibles : ils travaillaient, longtemps avant le crépuscule, à s'environner d'obstacles ; ils recherchaient le creux des tertres, les rocs, les fourrés ; ils fuyaient les arbres. Le huitième et le neuvième jour, ils souffrirent de la soif. La terre n'offrit ni source ni mare ; le désert des herbes pâlissait ; des reptiles secs étincelaient parmi les pierres ; les insectes répandaient dans l'étendue une palpitation inquiétante : ils filaient en spirale de cuivre, de jade, de nacre ; ils fondaient sur la peau des guerriers et dardaient leurs trompes âcres.

Quand l'ombre du neuvième jour devint longue, la terre se fit fraîche et tendre, une odeur d'eau descendit des collines, et l'on aperçut un troupeau d'aurochs qui marchait vers le sud. Alors, Naoh dit à ses compagnons :

– Nous boirons avant le coucher du soleil !... Les aurochs vont à l'abreuvoir.

Nam, fils du Peuplier, et Gaw, fils du Saïga, redressèrent leurs corps desséchés. C'étaient des hommes agiles et indécis. Il fallait leur donner le courage, la résignation, la résistance à la douleur, la confiance. En retour, ils offraient leur docilité, plastiques comme l'argile, enclins à l'enthousiasme, prompts à oublier la souffrance et à goûter la joie. Et parce que, étant seuls, ils se déconcertaient vite devant la terre et les bêtes, ils se pliaient à l'unité : ainsi, Naoh y percevait des prolongements de sa propre énergie. Leurs mains étaient adroites, leurs pieds souples, leurs yeux à longue portée, leurs oreilles fines. Un chef en pouvait tirer des services sûrs ; il suffisait qu'ils connussent sa volonté et son courage. Or, depuis le départ, leurs cœurs s'attachaient à Naoh ; il était l'émanation de la race, la puissance humaine devant le mystère cruel de l'Univers, le refuge qui les abriterait, tandis qu'ils lanceraient le harpon ou abattraient la hache. Et parfois, lorsqu'il marchait devant eux, dans l'ivresse du matin, joyeux de sa stature et de sa grande poitrine, ils frémissaient d'une exaltation farouche et presque tendre, tout leur instinct épanoui vers le chef, comme le hêtre vers la lumière.

Il le sentait mieux qu'il ne le comprenait, il s'accroissait de ces êtres liés à son sort, individualité plus multiple, plus compliquée, plus sûre de vaincre et de déjouer les embûches.

Des ombres longues se détachaient de la base des arbres, les herbes se gorgeaient d'une sève abondante, et le soleil, plus jaune et plus grand à mesure qu'il glissait vers l'abîme, faisait luire le troupeau d'aurochs comme un fleuve d'eaux fauves.

Les derniers doutes de Naoh se dissipèrent : par-delà l'échancrure des collines, l'abreuvoir était proche ; son instinct l'en assurait, et le nombre des bêtes furtives qui suivaient la route des aurochs. Nam et Gaw le savaient aussi, les narines dilatées aux émanations fraîches.

— Il faut devancer les aurochs, fit Naoh.

Car il craignait que l'abreuvoir ne fût étroit et que les colosses n'en obstruassent les bords. Les guerriers accélérèrent la marche afin d'atteindre avant le troupeau le creux des collines.

À cause de leur nombre, de la prudence des vieux taureaux et de la lassitude des jeunes, les bêtes avançaient avec lenteur. Les Oulhamr gagnèrent du terrain. D'autres créatures suivaient la même tactique ; on voyait filer de légers saïgas, des égagres, des mouflons, des hémiones et, transversalement, une troupe de chevaux. Plusieurs franchissaient déjà la passe.

Naoh prit une grande avance sur les aurochs : on pourrait boire sans hâte. Lorsque les hommes atteignirent la plus haute colline, les aurochs retardaient de mille coudées.

Nam et Gaw pressèrent encore la course ; leur soif s'avivait ; ils contournèrent la colline, s'engagèrent dans la passe. L'Eau parut, mère créatrice, plus bienfaisante que le Feu même et moins cruelle : c'était presque un lac, étendu au pied d'une chaîne de roches, coupé de presqu'îles, nourri à droite par les flots d'une rivière, croulant à gauche dans un gouffre. On pouvait y accéder par trois voies : la rivière même, la passe qu'avaient franchie les Oulhamr et une autre passe, entre les rocs et l'une des collines ; partout ailleurs croissaient des murailles basaltiques.

Les guerriers acclamèrent la nappe. Orangée par le soleil mourant, elle apaisait la soif des grêles saïgas, des petits chevaux trapus, des onagres aux sabots fins, des mouflons à la face barbue, de quelques chevreuils plus furtifs que des feuilles tombantes, d'un vieil élaphe dont le front semblait produire un arbre. Un sanglier brutal, querelleur et chagrin, était le seul qui bût sans crainte. Les autres, l'oreille mobile, les prunelles sautillantes, avec de continuels gestes de fuite, décelaient la loi de la vie, l'alerte infinie des faibles.

Brusquement, toutes les oreilles se dressèrent, les têtes scrutèrent l'inconnu. Ce fut rapide, sûr, avec un air de désordre : chevaux, onagres, saïgas, mouflons, chevreuils, élaphe fuyaient par la passe du couchant, sous l'averse des rayons écarlates. Seul le sanglier demeura, ses petits yeux ensanglantés virant entre les soies des paupières. Et des loups parurent, de grande race, loups de forêt autant que de savane, hauts sur pattes, la gueule solide, les yeux proches, et dont les regards jaunes, au lieu de s'éparpiller comme ceux des herbivores, convergeaient vers la proie. Naoh, Nam et Gaw tenaient prêts l'épieu et la sagaie, tandis que le sanglier levait ses défenses crochues et ronflait formidablement. De leurs yeux rusés, de leurs narines intelligentes, les loups mesurèrent l'ennemi : le jugeant redoutable, ils prirent la chasse vers ceux qui fuyaient.

Leur départ fit un grand calme et les Oulhamr, ayant achevé de boire, délibérèrent. Le crépuscule était proche ; le soleil croulait derrière les rocs ; il était trop tard pour poursuivre la route : où choisir le gîte ?

— Les aurochs approchent ! fit Naoh.

Mais, au même instant, il tournait la tête vers la passe de l'ouest ; les trois guerriers écoutèrent, puis ils se couchèrent sur le sol.

– Ceux qui viennent là ne sont pas des aurochs ! murmura Gaw.

Et Naoh affirma :

– Ce sont des mammouths !

Ils examinèrent hâtivement le site : la rivière surgissait entre la colline basaltique et une muraille de porphyre rouge où montait une saillie assez large pour admettre le passage d'un grand fauve. Les Oulhamr l'escaladèrent.

Au gouffre de la pierre, l'eau coulait dans l'ombre et la pénombre éternelles ; des arbres, terrassés par l'éboulis ou arrachés par leur propre poids, s'étalaient horizontalement sur l'abîme ; d'autres s'élevaient de la profondeur, minces et d'une longueur excessive, toute l'énergie perdue à hisser un bouquet de feuilles dans la région des lueurs pâles ; et tous, dévorés par une mousse épaisse comme la toison des ours, étranglés par les lianes, pourris par les champignons, déployaient la patience indestructible des vaincus.

Nam aperçut le premier une caverne. Basse et peu profonde, elle se creusait irrégulièrement. Les Oulhamr n'y pénétrèrent pas tout de suite ; ils la fouillèrent longtemps du regard. Enfin, Naoh précéda ses compagnons, baissant la tête et dilatant les narines : des ossements se rencontraient, avec des fragments de peau, des cornes, des bois d'élaphe, des mâchoires. L'hôte se décelait un chasseur puissant et redoutable ; Naoh ne cessait d'aspirer ses émanations :

– C'est la caverne de l'ours gris..., déclara t il. Elle est vide depuis plus d'une lune.

Nam et Gaw ne connaissaient guère cette bête formidable, les Oulhamr rôdant aux régions que hantaient le tigre, le lion, l'aurochs, le mammouth même, mais où l'ours gris était rare. Naoh l'avait rencontré au cours d'expéditions lointaines ; il savait sa férocité, aveugle comme celle du rhinocéros, sa force presque égale à celle du lion géant, son courage furieux et inextinguible. La caverne était abandonnée, soit que l'ours y eût renoncé, soit qu'il se fût déplacé pour quelques semaines ou pour une saison, soit encore qu'il lui fût arrivé malheur à la traversée du fleuve. Persuadé que la bête ne reviendrait pas cette nuit, Naoh résolut d'occuper sa demeure. Tandis qu'il le déclarait à ses compagnons, une rumeur immense vibra le long des rocs et de la rivière : les aurochs étaient venus ! Leurs voix puissantes comme le rugissement des lions se heurtaient à tous les échos de l'étrange territoire.

Naoh n'écoutait pas sans trouble le bruit de ces bêtes colossales.

Car l'homme chassait peu l'urus et l'aurochs. Les taureaux atteignaient une taille, une force, une agilité que leurs descendants ne devaient plus connaître ; leurs poumons s'emplissaient d'un oxygène plus riche ; leurs facultés étaient, sinon plus subtiles, du moins plus vives et plus lucides ; ils connaissaient leur rang, ils ne craignaient les grands fauves que pour les faibles, les traînards ou ceux qui se hasardaient, solitaires, dans la savane.

Les trois Oulhamr sortirent de la caverne. Leurs poitrines tressaillaient au grand spectacle ; leurs cœurs en connaissaient la splendeur sauvage ; leur mentalité obscure y saisissait, sans verbe, sans pensée, l'énergique beauté qui tressaillait au fond de leur propre être ; ils pressentaient le trouble tragique d'où sortira, après les siècles des siècles, la poésie des grands barbares.

À peine sortaient-ils de la pénombre qu'une autre clameur s'éleva, qui transperçait la première comme une hache fend la chair d'une chèvre. C'était un cri membraneux, moins grave, moins rythmique, plus faible que le cri des aurochs ; pourtant, il annonçait la plus forte des créatures qui rôdaient sur la face de la terre. En ce temps, le mammouth circulait invincible. Sa stature éloignait le lion et le tigre ; elle décourageait l'ours gris ; l'homme ne devait pas se mesurer avec lui avant des millénaires, et seul le rhinocéros, aveugle et stupide, osait le combattre. Il était souple, rapide, infatigable, apte à gravir les montagnes, réfléchi et la mémoire tenace ; il saisissait, travaillait et mesurait la matière avec sa trompe, fouissait la terre de ses défenses énormes, conduisait ses expéditions avec sagesse et connaissait sa suprématie : la vie lui était belle ; son sang coulait bien rouge ; il ne faut pas douter que sa conscience fût plus lucide, son sentiment des choses plus subtil qu'il ne l'est chez les éléphants avilis par la longue victoire de l'homme.

Il advint que les chefs des aurochs et ceux des mammouths approchèrent en même temps le bord des eaux. Les mammouths, selon leur règle, prétendirent passer les premiers ; cette règle ne rencontrait d'opposition ni chez les urus ni chez les aurochs. Pourtant, tels aurochs s'irritaient, accoutumés à voir céder les autres herbivores et conduits par des taureaux qui connaissaient mal le mammouth.

Or, les huit taureaux de tête étaient gigantesques – le plus grand atteignait le volume d'un rhinocéros ; leur patience était courte, leur soif ardente. Voyant que les mammouths voulaient passer d'abord, ils poussèrent leur long cri de guerre, le mufle haut, la gorge enflée en cornemuse.

Les mammouths barrirent. C'étaient cinq vieux mâles : leurs corps étaient des tertres et leurs pieds des arbres ; ils montraient des défenses de dix coudées, capables de transpercer les chênes ; leurs trompes semblaient des pythons noirs ; leurs têtes, des rocs ; ils se mouvaient dans une peau épaisse comme l'écorce des vieux ormes. Derrière, suivait le long troupeau couleur d'argile...

Cependant, leurs petits yeux agiles fixés sur les taureaux, les vieux mammouths barraient la route, pacifiques, imperturbables et méditatifs. Les huit aurochs, aux prunelles lourdes, aux dos en monticules, la tête crépue et barbue, les cornes arquées et qui divergeaient, secouèrent des crinières grasses, lourdes et bourbeuses : au fond de leur instinct, ils percevaient la puissance des ennemis, mais les rugissements du troupeau les baignaient d'une vibration belliqueuse. Le plus fort, le chef des chefs, baissa son front dense, ses cornes étincelantes ; il s'élança comme un vaste projectile, il rebondit contre le mammouth le plus proche. Frappé à l'épaule et quoiqu'il eût amorti le coup par une cinglée de trompe, le colosse tomba sur les genoux. L'aurochs poursuivit le combat avec la ténacité de sa race. Il avait l'avantage ; sa corne acérée redoubla l'attaque, et le mammouth ne pouvait se servir, très imparfaitement, que de sa trompe. Dans cette vaste mêlée de muscles, l'aurochs fut la fureur hasardeuse, un orage d'instincts que décelaient les gros yeux de brume, la nuque palpitante, le mufle écumeux et les mouvements sûrs, nets, véloces, mais monotones. S'il pouvait abattre l'adversaire et lui ouvrir le ventre, où la peau était moins épaisse et la chair plus sensible, il devait vaincre.

Le mammouth en avait conscience ; il s'ingéniait à éviter la chute complète, et le péril l'induisait au sang-froid. Un seul élan suffisait à le relever, mais il eût fallu que l'aurochs ralentît ses poussées.

D'abord, le combat avait surpris les autres mâles. Les quatre mammouths et les sept taureaux se tenaient face à face, dans une attente formidable. Aucun ne fit mine d'intervenir : ils se sentaient menacés eux-mêmes. Les mammouths donnèrent les premiers signes d'impatience. Le plus haut, avec un soufflement, agita ses oreilles membraneuses, pareilles à de gigantesques chauves-souris, et s'avança. Presque en même temps, celui qui combattait le taureau dirigeait un coup de trompe violent dans les jambes de l'adversaire. L'aurochs chancela à son tour et le mammouth se redressa. Les énormes bêtes se retrouvèrent face à face. La fureur tourbillonnait dans le crâne du mammouth ; il leva la trompe avec un barrit métallique et mena l'attaque. Les défenses courbes projetèrent l'aurochs et firent craquer l'ossature ; puis, obliquant, le mammouth rabattit sa trompe. Avec une rage grandissante, il creva le ventre de l'adversaire, il piétina les longues entrailles et les côtes rompues, il baigna dans le sang, jusqu'au poitrail, ses pattes monstrueuses. L'effroyable agonie se perdit dans un roulement de clameurs : la bataille entre les grands mâles avait débuté. Les sept aurochs, les quatre mammouths se ruaient dans une bataille aveugle, comparable à ces paniques où la bête perd tout contrôle sur elle-même. Le vertige gagna les troupeaux ; le beuglement profond des aurochs se heurtait au barrit strident des mammouths ; la haine soulevait ces longs flots de corps, ces torrents de têtes, de cornes, de défenses et de trompes.

Les chefs mâles ne vivaient plus que la guerre : leurs structures se mêlaient dans un grouillement informe, une immense broyée de chairs, pétrie de douleur et de rage. Au premier choc, l'infériorité du nombre avait donné le désavantage aux mammouths. L'un d'eux fut terrassé par trois taureaux, un deuxième immobilisé dans la défensive ; mais les deux autres remportèrent une victoire rapide. Précipités en bloc sur leurs antagonistes, ils les avaient percés, étouffés, disloqués ; ils perdaient plus de temps à piétiner les victimes qu'ils n'en avaient mis à les battre. Enfin, apercevant le péril des compagnons, ils chargèrent : les trois aurochs, acharnés à détruire le colosse abattu, furent pris à l'improviste. Ils culbutèrent d'une seule masse ; deux furent émiettés sous les lourdes pattes, le troisième se déroba. Sa fuite entraîna celle des taureaux qui combattaient encore, et les aurochs connurent l'immense contagion de la terreur. D'abord un malaise d'orage, un silence, une immobilité étranges qui semblaient se propager à travers la multitude, puis le vacillement des yeux vagues, un piétinement pareil à la chute d'une pluie, le départ en torrent, une fuite qui devenait une bataille dans la passe trop étroite, chaque bête transformée en énergie fuyante, en projectile de panique, les forts terrassant les faibles, les véloces fuyant sur le dos des autres, tandis que les os craquaient ainsi que des arbres abattus par le cyclone.

Les mammouths ne songeaient pas à la poursuite : une fois de plus ils avaient donné la mesure de leur puissance, une fois de plus ils se connaissaient les maîtres de la terre ; et la colonne des géants couleur d'argile, aux longs poils rudes, aux rudes crinières, se rangea sur la rive de l'abreuvoir et se mit à boire de si formidable sorte que l'eau baissait dans les criques.

Sur le flanc des collines, un flot de bêtes légères, encore effarées par la lutte, regardait boire les mammouths. Les Oulhamr les contemplaient aussi, dans la stupeur d'un des grands épisodes de la nature. Et Naoh, comparant les bêtes souveraines à Nam et à Gaw, les bras grêles, les jambes minces, les torses étroits, aux pieds rudes comme des chênes, aux corps hauts comme des rochers, concevait la petitesse et la fragilité de l'homme, l'humble vie errante qu'il était sur la face des savanes. Il songeait aussi aux lions jaunes, aux lions géants et aux tigres qu'il rencontrerait dans la forêt prochaine et sous la griffe desquels l'homme ou le cerf élaphe sont aussi faibles qu'un ramier dans les serres d'un aigle.

3

Dans la caverne

C'était vers le tiers de la nuit. Une lune blanche comme la fleur du liseron sillait le long d'un nuage. Elle laissait couler son onde sur la rivière, sur les rocs taciturnes, elle fondait une à une les ombres de l'abreuvoir. Les mammouths étaient repartis ; on n'apercevait, par intervalles, qu'une bête rampante ou quelque hulotte sur ses ailes de silence. Et Gaw, dont c'était le tour de garde, veillait à l'entrée de la caverne. Il était las ; sa pensée, rare et fugitive, ne s'éveillait qu'aux bruits soudains, aux odeurs accrues ou nouvelles, aux chutes ou aux tressauts du vent. Il vivait dans une torpeur où tout s'engourdissait, sauf le sens du péril et de la nécessité. La fuite brusque d'un saïga lui fit dresser la tête. Alors il entrevit, de l'autre côté de la rivière, sur la cime abrupte de la colline, une silhouette massive qui marchait en oscillant. Les membres pesants et toutefois souples, la tête solide, effilée aux mâchoires, quelque bizarre apparence humaine, décelaient un ours. Gaw connaissait l'ours des cavernes, colosse au front bombé qui vivait pacifiquement dans ses repaires et sur ses terres de pâture, plantivore que la famine seule induisait à se nourrir de chair. Celui qui s'avançait ne semblait pas de cette sorte. Gaw en fut assuré lorsqu'il se silhouetta dans le clair de lune : le crâne aplati, avec un pelage grisâtre, il avait une allure où l'Oulhamr reconnut l'assurance, la menace et la férocité des bêtes carnassières ; c'était l'ours gris, rival des grands félins.

Gaw se souvint des légendes rapportées par ceux qui avaient voyagé sur les terres hautes. L'ours gris terrasse l'aurochs ou l'urus et les transporte plus aisément que le léopard ne transporte une antilope. Ses griffes peuvent ouvrir d'un seul coup la poitrine et le ventre d'un homme ; il étouffe un cheval entre ses pattes ; il brave le tigre et le lion fauve ; le vieux Goûn croit qu'il ne cède qu'au lion géant, au mammouth, au rhinocéros.

Le fils du Saïga ne ressentit pas la crainte subite qu'il eût ressentie devant le tigre. Car, ayant rencontré l'ours des cavernes, il l'avait jugé insoucieux et bénévole. Ce souvenir le rassura d'abord ; mais l'allure du fauve parut plus équivoque à mesure que se précisait sa silhouette, si bien que Gaw recourut au chef.

Il n'eut qu'à lui toucher la main ; la haute stature s'éleva dans l'ombre :

– Que veut Gaw ? dit Naoh en surgissant à l'entrée de la caverne.

Le jeune Nomade tendit la main vers le haut de la colline ; la face du chef se consterna :

– L'ours gris !

Son regard examinait la caverne. Il avait eu soin d'assembler des pierres et des branchages ; quelques blocs étaient à proximité, qui pouvaient rendre l'entrée très difficile. Mais Naoh songeait à fuir, et la retraite n'était possible que du côté de l'abreuvoir. Si l'animal rapide, infatigable et opiniâtre se décidait à poursuivre, il atteindrait presque à coup sûr les fugitifs. L'unique ressource serait de se hisser sur un arbre : l'ours gris ne grimpait pas. En revanche, il était capable d'attendre un temps indéfini, et l'on ne voyait à proximité que des arbres aux branches menues.

Le fauve avait-il vu Gaw, accroupi, confondu avec les blocs, attentif à ne faire aucun mouvement inutile ? Ou bien était-il l'habitant de la caverne, revenu après un long voyage ? Comme Naoh songeait à ces choses, l'animal se mit à descendre la pente roide. Quand il eut atteint un terrain moins incommode, il leva la tête, flaira l'atmosphère moite et prit son trot. Un instant, les deux guerriers crurent qu'il s'éloignait. Mais il s'arrêta en face de l'endroit où la corniche était accessible : toute retraite devenait impraticable. À l'amont, la corniche s'interrompait, la roche étant à pic ; à l'aval, il fallait fuir sous les yeux de l'ours : il aurait le temps de passer l'étroite rivière et de barrer la route aux fugitifs. Il ne restait qu'à attendre ou le départ du fauve ou l'attaque de la caverne.

Naoh éveilla Nam, et tous trois se mirent à rouler des blocs.

Après quelque hésitation, l'ours se décidait à passer la rivière. Il aborda posément et grimpa sur la corniche. À mesure qu'il approchait, on voyait mieux sa structure musculeuse ; parfois ses dents étincelaient au clair de lune. Nam et Gaw grelottèrent. L'amour de vivre gonflait leur cœur ; l'instinct de la faiblesse humaine pesait sur leur souffle ; leur jeunesse palpitait comme elle palpite dans la poitrine craintive des oiseaux. Naoh lui-même n'était pas tranquille. Il connaissait l'adversaire ; il savait qu'il lui faudrait peu de temps pour donner la mort à trois hommes. Et sa peau épaisse, ses os de granit étaient presque invulnérables à la sagaie, à la hache et à l'épieu.

Cependant, les Nomades achevaient d'empiler les blocs ; bientôt il ne demeura qu'une ouverture vers la droite, à hauteur d'homme. Quand l'ours fut proche, il secoua sa tête grondante et regarda, interloqué. Car s'il avait flairé les hommes, entendu le bruit de leur travail, il ne s'attendait pas à voir clos le gîte où il avait passé tant de saisons ; une obscure association se fit dans son crâne, entre la fermeture du repaire et ceux qui l'occupaient. D'ailleurs, reconnaissant l'odeur d'animaux faibles, dont il comptait se repaître, il ne montra aucune prudence. Mais il était perplexe.

Il s'étirait au clair de lune, bien à l'aise dans sa fourrure, étalant son poitrail argenté et balançant sa gueule conique. Puis il s'irrita, sans raison, parce qu'il était d'humeur morose, brutale, presque étranger à la joie, et poussa de rauques clameurs. Impatient alors, il se dressa sur ses pieds arrière ; il parut un homme immense et velu, aux jambes trop brèves, au torse démesuré. Et il se pencha vers l'ouverture demeurée libre.

Nam et Gaw, dans la pénombre, tenaient leurs haches prêtes ; le fils du Léopard élevait sa massue : on s'attendait que la bête avancerait les pattes, ce qui permettrait de les entailler. Ce fut l'énorme crâne qui se projeta, le front feutré, les lèvres baveuses et les dents en pointes de harpon. Les haches s'abattirent, la massue tournoya, impuissante à cause des saillies de l'ouverture ; l'ours mugit et recula. Il n'était pas blessé : aucune trace de sang ne rougissait sa gueule ; l'agitation de ses mâchoires, la phosphorescence de ses prunelles annonçaient l'indignation de la force offensée.

Toutefois il ne dédaigna pas la leçon ; il changea de tactique. Animal fouisseur, doué d'un sens affiné des obstacles, il savait qu'il vaut parfois mieux les abattre que d'affronter une passe dangereuse. Il tâta la muraille, il la poussa : elle vibrait aux pesées.

La bête, augmentant son effort, travaillant des

pattes, de l'épaule, du crâne, tantôt se précipitait contre la barrière, tantôt l'attirait de ses griffes brillantes. Elle l'entama et, découvrant un point faible, elle la fit osciller. Dès lors, elle s'acharna au même endroit, d'autant plus favorable que les bras des hommes se trouvèrent trop courts pour y atteindre. D'ailleurs, ils ne s'attardèrent pas à des efforts inutiles : Naoh et Gaw, arc-boutés en face de l'ours, parvinrent à arrêter l'oscillation, tandis que Nam se penchait par l'ouverture et surveillait l'œil de la bête, où il projetait de lancer une flèche.

Bientôt l'assaillant perçut que le point faible était devenu inébranlable. Ce changement incompréhensible, qui niait sa longue expérience, le stupéfia et l'exaspéra. Il s'arrêta, assis sur son derrière ; il observa la muraille ; il la flaira ; et il secouait la tête avec un air d'incrédulité. À la fin, il crut s'être abusé ; il retourna vers l'obstacle, donna un coup de patte, un coup d'épaule et, constatant que la résistance persistait, il perdit toute prudence et s'abandonna à la brutalité de sa nature.

L'ouverture libre l'hypnotisa ; elle parut la seule voie franchissable ; il s'y jeta éperdument. Un trait siffla et le frappa près de la paupière, sans ralentir l'attaque, qui fut irrésistible. Toute la machine impétueuse, la masse de chair où le sang roulait en torrent, rassembla ses énergies : la muraille croula.

Naoh et Gaw avaient bondi vers le fond de la caverne ; Nam se trouva dans les pattes monstrueuses. Il ne songeait guère à se défendre ; il fut semblable à l'antilope atteinte par la grande panthère, au cheval terrassé par le lion : les bras étendus, la bouche béante, il attendait la mort, dans une crise d'engourdissement. Mais Naoh, d'abord surpris, reconquit l'ardeur combative qui crée les chefs et soutient l'espèce. De même que Nam s'oubliait dans la résignation, lui s'oublia dans la lutte. Il rejeta sa hache, qu'il jugeait inutile, il prit à deux mains la massue de chêne, pleine de nœuds.

La bête le vit venir. Elle différa d'anéantir la faible proie qui palpitait sous elle ; elle éleva sa force contre l'adversaire, pattes et crocs projetés en foudre, tandis que l'Oulhamr abaissait sa massue. L'arme arriva la première. Elle roula sur la mâchoire de l'ours ; l'une des pointes toucha les narines. Le coup, frappé de biais et peu efficace, fut si douloureux que la brute ploya. Le deuxième coup du Nomade rebondit sur un crâne indestructible. Déjà l'immense bête revenait à elle et fonçait frénétiquement, mais l'Oulhamr s'était réfugié dans l'ombre, devant une saillie de la roche : au moment suprême, il s'effaça ; l'ours cogna violemment le basalte. Tandis qu'il trébuchait, Naoh revenait en oblique et, avec un cri de guerre, abattit la massue sur les longues vertèbres. Elles craquèrent ; le fauve, affaibli par le choc contre la saillie, oscilla sur sa base et Naoh, ivre d'énergie, écrasa successivement les narines, les pattes, les mâchoires, tandis que Nam et Gaw ouvraient le ventre à coups de hache.

Lorsque enfin la masse cessa de panteler, les nomades se regardèrent en silence. Ce fut une minute prodigieuse. Naoh apparut le plus redoutable des Oulhamr et de tous les hommes, car ni Faouhm ni Hoo, fils du Tigre, ni aucun des guerriers mystérieux dont Goûn-aux-os-secs rappelait la mémoire n'avaient abattu un ours gris à coups de massue. Et la légende se grava dans le crâne des jeunes hommes pour se transmettre aux générations et grandir leurs espérances, si Nam, Gaw et Naoh ne périssaient point à la conquête du Feu.

4

Le lion géant et la tigresse

Une lune avait passé. Depuis longtemps, Naoh, avançant toujours vers le sud, avait dépassé la savane ; il traversait la forêt. Elle semblait interminable, entrecoupée par des îles d'herbes et de pierres, des lacs, des mares et des combes. Elle dévalait lentement, avec des remontées inattendues, en sorte qu'elle produisait toutes les sortes de plantes, toutes les variétés de bêtes. On pouvait y rencontrer le tigre, le lion jaune, le léopard, l'homme des arbres, qui vivait solitaire avec quelques femelles, et dont la force surpassait celle des hommes ordinaires, l'hyène, le sanglier, le loup, le daim, le cerf élaphe, le chevreuil, le mouflon. Le rhinocéros y traînait sa lourde cuirasse ; peut-être même y eût-on découvert le lion géant, devenu excessivement rare, son extinction ayant commencé depuis des centaines de siècles.

On trouvait aussi le mammouth, ravageur de la forêt, broyeur de branches et déracineur d'arbres, dont le passage était plus farouche que l'inondation et le cyclone.

Sur ce territoire redoutable, les Nomades découvrirent la nourriture en abondance ; eux-mêmes se savaient une proie pour les mangeurs de chair. Ils marchaient avec prudence, en triangle, de manière à commander le plus grand espace possible. Leurs sens précis pouvaient, pendant le jour, les préserver des embûches. D'ailleurs, leurs ennemis les plus funestes ne chassaient guère que dans les ténèbres. Le jour, ils n'avaient pas le regard aussi prompt que les hommes ; et leur odorat n'était pas comparable à celui des loups. Ceux-ci eussent été les plus difficiles à dépister : mais, dans la forêt bien pourvue, ils ne songeaient guère à traquer des animaux aussi menaçants que les Oulhamr. Parmi les ours, le plus puissant, le colosse des cavernes, ne chassait pas, à moins d'être tourmenté par la famine. Herbivore, il trouvait dans le terroir de quoi assouvir, pacifiquement, sa voracité. Et l'ours gris, qui ne rôdait qu'accidentellement en dehors des régions fraîches, se décelait à distance.

Toutefois, les journées étaient pleines d'alertes et les nuits terrifiantes. Les Oulhamr choisissaient avec soin les lieux de refuge ; ils s'arrêtaient longtemps avant la chute du jour. Souvent ils se réfugiaient dans un creux ; d'autres fois ils reliaient des blocs ou bien, s'abritant dans un fourré profond, ils semaient des obstacles sur leur passage ; certains soirs ils choisissaient quelques arbres très rapprochés, où ils se fortifiaient.

Plus que tout, l'absence de feu les faisait souffrir. Par les nuits sans lune, il leur semblait entrer pour toujours dans les ténèbres ; elles pesaient sur leur chair, elles les engloutissaient. Chaque soir, ils guettaient la futaie, comme s'ils allaient voir la flamme étinceler dans sa cage et grandir en dévorant les branches mortes : ils ne discernaient que les étincelles perdues des étoiles ou les yeux d'une bête ; leur faiblesse les accablait et l'immensité cruelle. Peut-être eussent-ils moins souffert dans la horde, avec la foule palpitant autour d'eux ; dans la solitude interminable, leurs poitrines semblaient rétrécies.

La forêt s'ouvrit. Tandis que le pays des arbres continuait à remplir le couchant, une plaine s'étendit à l'est, partie savane et partie brousse, avec quelques îlots d'arbres. L'herbe défendait son étendue contre les grands végétaux, aidée par les urus, les aurochs, les cerfs, les saïgas, les hémiones et les chevaux, qui broutaient les jeunes pousses. Enveloppée de peupliers noirs, de saules cendrés, de trembles, d'aulnes, de joncs et de roseaux, une rivière coulait vers l'orient. Quelques pierres erratiques se bosselaient en masses roussâtres ; et, quoiqu'il fît grand jour encore, les ombres longues dominaient les rais du soleil. Les Nomades considéraient le terroir avec méfiance : il devait y passer beaucoup de bêtes, à l'heure où finit la lumière. Aussi se hâtèrent-ils de boire. Puis ils explorèrent le site. La plupart des pierres erratiques, étant solitaires, ne pouvaient pas servir ; quelques-unes, en groupes, auraient demandé un long travail de fortification. Et ils se décourageaient, prêts à retourner dans la forêt, lorsque Nam avisa des blocs énormes, très rapprochés, dont deux se touchaient par leurs sommets, et qui limitaient une cavité avec quatre ouvertures. Les trois premières admettaient l'accès de bêtes plus petites que l'homme – des loups, des chiens, des panthères. La quatrième pouvait livrer passage à un guerrier de forte stature, pourvu qu'il s'aplatît contre le sol ; elle devait être impraticable aux grands ours, aux lions et aux tigres.

Au signe de leur compagnon, Naoh et Gaw accoururent. Ils craignirent d'abord que le chef ne pût se glisser dans le refuge. Mais Naoh, s'allongeant sur l'herbe et tournant la tête, entra sans effort ; il ressortit de même. En sorte qu'ils se trouvèrent avoir un abri plus sûr que tous ceux qui les avaient reçus auparavant, car les blocs étaient si lourds, et si durement incrustés, qu'un troupeau de mammouths n'aurait pu les disjoindre. L'espace ne manquait point : dix hommes y eussent tenu à l'aise.

La perspective d'une nuit parfaite réjouit les Nomades. Pour la première fois depuis leur départ, ils pourraient se rire de tous les carnivores.

Ils mangèrent la viande crue d'un faon, avec des noix cueillies dans la forêt, puis ils se remirent à scruter le territoire. Quelque élaphe, quelque chevreuil filaient vers l'eau ; des corbeaux s'élevaient avec un cri de guerre ; un aigle planait à la hauteur des nuages. Puis un lynx bondit à la poursuite d'une sarcelle, un léopard rampa furtivement parmi les saules.

L'ombre s'allongeait encore. Elle couvrit bientôt la savane ; le soleil tombait derrière les arbres, tel un immense brasier circulaire, et le temps fut proche où la vie carnivore allait dominer les solitudes. Rien ne l'annonçait encore. Il se faisait un bruit innocent de passereaux ; solitaires ou par bandes, ils lançaient vers le soleil leur hymne rapide, hymne de regret et de crainte, hymne de la grande nuit sinistre.

C'est alors qu'un urus surgit de la forêt. D'où venait-il ? Quelle aventure l'avait isolé ? S'était-il attardé ou, au contraire, ayant marché trop vite, menacé par les ennemis ou les météores, avait-il fui au hasard ? Les Nomades ne se le demandaient point ; la passion de la proie les saisissait, car si les chasseurs de leur tribu ne s'attaquaient guère aux troupeaux des grands herbivores, ils guettaient les bêtes solitaires, surtout les faibles et les blessées. La bravoure et la ténacité des urus se retrouvent dans telle race de nos taureaux, mais l'urus avait une tête moins obscure. L'espèce était à son apogée. Lestes, avec une respiration vive, un sens clair du péril et une ruse complexe, ces forts organismes circulaient magnifiquement sur la planète.

Naoh se leva avec un grondement. Après la victoire sur un fauve, rien n'était plus glorieux que d'abattre un grand herbivore. L'Oulhamr sentit dans son cœur cet instinct par quoi se maintient tout ce qui fut nécessaire à la croissance de l'homme ; son ardeur augmentait à mesure qu'approchaient le poitrail spacieux et les cornes luisantes. Mais il subissait un autre instinct : ne pas détruire en vain la chair nourricière. Or il avait de la viande fraîche ; la proie foisonnait. Enfin, se souvenant de son triomphe sur l'ours, Naoh jugeait moins méritoire d'abattre un urus. Il abaissa sa sagaie, il renonça à une chasse où il pouvait fausser ses armes. Et l'urus, s'avançant avec lenteur, prit le chemin de la rivière.

Soudain, les trois hommes dressèrent la tête, les sens dilatés par le péril. Leur doute fut court : Nam et Gaw, sur un signe du chef, se glissèrent sous les blocs erratiques. Lui-même les suivait, au moment où un mégacéros jaillissait de la forêt. Toute la bête était un vertige de fuite. La tête aux vastes palmures rejetée en arrière, une écume mélangée d'écarlate ruisselant aux naseaux, les pattes rebondissant comme des branches dans un cyclone, le mégacéros avait fait une trentaine de bonds, lorsque l'ennemi surgit à son tour. C'était un tigre, aux membres trapus, aux vertèbres élastiques et dont le corps, à chaque reprise, franchissait vingt coudées. Ses bonds flexibles semblaient des glissements dans l'atmosphère. Chaque fois que le félin atteignait le sol, il y avait une pause brève, une reconcentration d'énergie.

Dans son mouvement moins ample, le cervidé ne subissait point d'arrêt. Chaque saut était la suite accélérée du saut précédent. À cette période de la poursuite, il perdait du terrain. Pour le tigre, la course venait de commencer, tandis que le mégacéros arrivait de loin.

– Le tigre saisira le grand cerf ! fit Nam d'une voix frissonnante.

Naoh, qui regardait passionnément cette chasse, répondit :

– Le grand cerf est infatigable.

Non loin de la rivière, l'avance du mégacéros se trouva réduite de moitié. Dans une tension suprême, il accrut sa vitesse ; les deux corps se projetèrent avec une rapidité égale, puis les sauts du tigre se rétrécirent. Il eût sans doute renoncé à la poursuite, si la rivière n'avait été proche ; il espéra regagner du terrain à la nage : son long corps onduleux y excellait. Quand il parvint à la rive, le mégacéros était à cinquante coudées. Le tigre se coula par l'onde avec une vélocité extraordinaire ; mais le mégacéros progressait à peine moins vite. Ce fut le moment de la vie et de la mort. Comme la rivière n'était pas large, le cervidé devait pourtant atterrir avec une avance : s'il tâtonnait en se hissant sur la berge, il était pris. Il le savait ; il avait même risqué un détour pour choisir le lieu d'abordage : c'était un petit promontoire caillouteux, à pente douce. Quoique le mégacéros eût calculé sa sortie avec justesse, il eut une hésitation vague, pendant laquelle le tigre se rapprocha. Enfin, l'herbivore s'enleva. Il était à vingt coudées quand le tigre atteignit à son tour le sol et fit son premier bond. Ce bond fut hâtif, le félin emmêla ses pattes, trébucha et roula : le mégacéros avait partie gagnée. Il n'y avait qu'à rompre la poursuite ; le tigre le comprit et, se souvenant d'une haute silhouette entrevue pendant la course, il se hâta de retraverser la rivière. L'urus était encore en vue...

Au passage de la chasse, il avait reculé vers la forêt. Puis il marqua une incertitude qui s'accrut à mesure que le grand félin s'éloignait et surtout lorsqu'il disparut parmi les roseaux. L'urus se décidait pourtant à la retraite, mais une odeur redoutable frappa sa narine. Il tendit le cou et, convaincu, chercha une ligne de fuite. Il parvint ainsi non loin des blocs erratiques où gîtaient les Oulhamr : l'effluve humain lui rappelant une attaque où, jeune et chétif encore, il avait été blessé par un projectile, il dévia de nouveau.

Il trottait maintenant ; il allait disparaître dans la futaie, lorsqu'il s'arrêta net : le tigre arrivait à grande allure. Il ne craignait pas que l'urus, comme le mégacéros, lui échappât à la course, mais sa déconvenue l'impatientait. À la vue du fauve, le taureau sortit de l'indécision. Comme il savait ne pouvoir compter sur la vitesse, il fit face au danger. Tête basse, creusant la terre, il fut, avec sa large poitrine rousse, ses yeux de feu violet, un beau guerrier de la forêt et de la prairie ; une rage obscure balayait ses craintes ; le sang qui lui battait au cœur était le sang de la lutte ; l'instinct de conservation se transforma en courage.

Le tigre reconnut la valeur de l'adversaire. Il ne l'attaqua pas brusquement ; il louvoya, avec des rampements de reptile ; il attendit le geste précipité ou maladroit qui lui permettrait d'enfourcher la croupe, de rompre les vertèbres ou la jugulaire. Mais l'urus, attentif aux évolutions de l'agresseur, présentait toujours son front compact et ses cornes aiguës...

Soudain, le carnassier s'immobilisa. Les pattes roides, ses grands yeux jaunes fixes, presque hagards, il regardait s'avancer une bête monstrueuse. Elle ressemblait au tigre, avec une stature plus haute et plus compacte ; elle rappelait aussi le lion, par sa crinière, son profond poitrail, sa démarche grave. Quoiqu'elle arrivât sans arrêt, avec le sens de sa suprématie, elle montrait l'hésitation de l'animal qui n'est pas sur son terrain de chasse. Le tigre était chez lui ! Depuis dix saisons, il détenait le territoire, et les autres fauves, léopard, panthère, hyène, y vivaient à son ombre ; toute proie était sienne dès qu'il l'avait choisie ; nulle créature ne se dressait devant lui lorsque, au hasard des rencontres, il égorgeait l'élaphe, le daim, le mégacéros, l'urus, l'aurochs ou l'antilope. L'ours gris avait peut-être, dans la saison froide, passé par son domaine, d'autres tigres vivaient au nord et des lions dans les contrées du fleuve : aucun n'était venu contester sa puissance. Et il ne s'était garé qu'au passage du rhinocéros invulnérable ou du mammouth aux pieds massifs, estimant trop rude la tâche de les combattre. Or il ignorait la forme étrange qui venait d'apparaître, et ses sens s'étonnaient.

C'était une bête très rare, une bête des anciens âges, dont l'espèce décroissait depuis des millénaires. Par tout son instinct, le tigre perçut qu'elle était plus forte, mieux armée, aussi rapide que lui-même, mais, par toute son habitude, par sa longue victoire, il se révoltait contre la crainte. Son geste traduisit cette double tendance. À mesure que l'ennemi approchait, il s'écartait plutôt qu'il ne reculait ; son attitude restait menaçante. Lorsque la distance fut suffisamment réduite, le lion-tigre enfla sa vaste poitrine et gronda, puis, se ramassant, il exécuta son premier bond d'attaque, un bond de vingt-cinq coudées. Le tigre recula. Au deuxième bond du colosse, il se tourna pour battre en retraite. Ce mouvement ne fut qu'esquissé. La fureur le ramena, ses yeux jaunes verdirent ; il acceptait le combat.

C'est qu'il n'était plus seul.

Une tigresse venait de surgir sur les herbes ; elle accourait, brillante, impétueuse et magnifique, au secours de son mâle.

Le lion géant hésita à son tour, il douta de sa force. Peut-être se fût-il retiré alors, laissant aux tigres leur territoire, si l'adversaire, surexcité par les miaulements de la tigresse approchante, n'eût fait mine de prendre l'offensive. L'énorme félin pouvait se résigner à céder la place, mais sa terrible musculature, le souvenir de tout ce qu'il avait déchiré de chairs et broyé de membres le forcèrent à punir l'agression. L'espace d'un seul bond le séparait du tigre. Il le franchit, sans pourtant atteindre au but, car l'autre avait biaisé et tentait une attaque de flanc. Le lion des cavernes s'arrêta pour recevoir l'assaut. Griffes et mufles s'emmêlèrent ; on entendit le claquement des dents dévorantes et les souffles rauques. Plus bas sur pattes, le tigre cherchait à saisir la gorge de l'ennemi ; il fut près d'y réussir. Des mouvements précis le rejetèrent ; il se trouva terrassé sous une patte souveraine, et le lion géant se mit à lui ouvrir le ventre. Les entrailles jaillirent en lianes bleues, le sang coula, écarlate, parmi les herbes, une épouvantable clameur fit trembler la savane. Et le lion-tigre commençait à faire craquer les côtes, lorsque la tigresse arriva. Hésitante, elle flairait la chair chaude, la défaite de son mâle ; elle poussa un miaulement d'appel.

À ce cri, le tigre se redressa, une suprême onde belliqueuse traversa son crâne, mais, au premier pas, ses entrailles traînantes l'arrêtèrent, et il demeura immobile, les membres défaillants, les yeux encore pleins de vie. La tigresse mesura par l'instinct ce qui restait d'énergie à celui qui avait si longtemps partagé avec elle les proies palpitantes, veillé sur les générations, défendu l'espèce contre les embûches innombrables. Une obscure tendresse secoua ses nerfs rudes ; elle sentit, en bloc, la communauté de leurs luttes, de leurs joies, de leurs souffrances. Puis la loi de la nature l'amollit ; elle sut qu'une force plus terrible que celle des tigres se tenait devant elle et, frémissante du besoin de vivre, avec une sourde plainte, un long regard en arrière, elle s'enfuit vers la futaie.

Le lion géant ne l'y suivit point ; il goûtait la suprématie de ses muscles, il aspirait l'atmosphère du soir, l'atmosphère de l'aventure, de l'amour et de la proie. Le tigre ne l'inquiétait plus ; il l'épiait, cependant, il hésitait à l'achever, car il avait l'âme prudente et, vainqueur, craignait d'inutiles blessures...

L'heure rouge était venue ; elle coula par la profondeur des forêts, lente, variable et insidieuse. Les bêtes diurnes se turent. On entendait par intervalles le hurlement des loups, l'aboi des chiens, le rire sarcastique de l'hyène, le soupir d'un rapace, l'appel clapotant des grenouilles ou le grincement d'une locuste tardive. Tandis que le soleil mourait derrière un océan de cimes, la lune immense se hissa sur l'orient.

On n'apercevait d'autres bêtes que les deux

fauves : l'urus avait disparu pendant la lutte ; dans les pénombres, mille narines subtiles connaissaient les présences redoutables. Le lion géant sentait une fois de plus la faiblesse de sa force. La proie sans nombre palpitait au fond des fourrés et des clairières, et, pourtant, chaque jour, il lui fallait craindre la famine. Car il portait avec lui son atmosphère : elle le trahissait plus sûrement que sa démarche, que le craquement de la terre, des herbes, des feuilles et des branches. Elle s'étendait, acre et féroce ; elle était palpable dans les ténèbres et jusque sur la face des eaux, elle était la terreur et la sauvegarde des faibles. Alors, tout fuyait, se cachait, s'évanouissait. La terre devenait déserte ; il n'y avait plus de vie ; il n'y avait plus de proie ; le félin semblait seul au monde.

Or, dans la nuit approchante, le colosse avait faim. Chassé de son territoire par un cataclysme, il avait passé les rivières et le fleuve, rôdé par les horizons inconnus. Et maintenant, une nouvelle aire conquise par la défaite du tigre, il tendait la narine, il cherchait dans la brise l'odeur des chairs éparses. Toute proie lui parut lointaine ; il percevait à peine le frôlis des bestioles cachées par l'herbe, quelques nids de passereaux, deux hérons juchés à la fourche d'un peuplier noir, et dont la vigilance ne se fût pas laissé surprendre, même si le félin avait pu escalader l'arbre ; mais, depuis qu'il avait atteint toute sa stature, il ne grimpait que sur des troncs bas et parmi des branches épaisses.

La faim le fit se tourner vers cette onde tiède qui coulait avec les entrailles du vaincu ; il s'en approcha, il la flaira : elle lui répugnait comme un venin. Impatient, il bondit sur le tigre, il lui broya les vertèbres, puis il se mit à rôder.

Le profil des pierres erratiques l'attira. Comme

elles étaient à l'opposite du vent et que son odorat ne valait pas celui des loups, il avait ignoré la présence des hommes. Lorsqu'il approcha, il sut que la proie était là et l'espoir accéléra son souffle.

Les Oulhamr considéraient avec une palpitation la haute silhouette du carnivore. Depuis la fuite du mégacéros, toute la légende sinistre, tout ce qui fait trembler les vivants avait passé devant leurs prunelles. Dans le déclin rouge, ils voyaient le lion-tigre tourner autour du refuge ; son mufle fouillait les interstices ; ses yeux dardaient des lueurs d'étoiles vertes ; tout son être respirait la hâte et la faim.

Quand il arriva devant l'orifice par où s'étaient glissés les hommes, il se baissa, il tenta d'introduire la tête et les épaules ; et les Nomades doutèrent de la stabilité des blocs. À chaque ondulation du grand corps, Nam et Gaw se recroquevillaient, avec un soupir de détresse. La haine animait Naoh, haine de la chair convoitée, haine de l'intelligence neuve contre l'antique instinct et sa puissance excessive. Elle s'accrut lorsque la brute se mit à gratter la terre. Quoique le lion géant ne fût pas un animal fouisseur, il savait élargir une issue ou renverser un obstacle. Sa tentative consterna les hommes, si bien que Naoh s'accroupit et frappa de l'épieu : le fauve, atteint à la tête, poussa un rauquement furieux et cessa de fouir. Ses yeux phosphorescents fouillaient la pénombre ; nyctalope, il distinguait nettement les trois silhouettes, plus irritantes d'être si proches.

Il se remit à rôder, tâtant les issues ; toujours il revenait à celle par où s'étaient introduits les hommes. À la fin, il recommença à fouir : un nouveau coup d'épieu interrompit sa besogne et le fit reculer, avec moins de surprise que naguère. Dans sa tête opaque, il conçut que l'entrée du repaire était impossible, mais il n'abandonnait pas la proie, il gardait l'espérance que, si proche, elle n'échapperait point. Après une dernière aspiration et un dernier regard, il sembla ignorer l'existence des hommes ; il se dirigea vers la forêt.

Les trois Nomades s'exaltèrent ; la retraite parut plus sûre ; ils aspiraient délicieusement la nuit : ce fut un de ces instants où les nerfs ont plus de finesse et les muscles plus d'énergie ; des sentiments sans nombre, soulevant leurs âmes indécises, évoquaient la beauté primordiale ; ils aimaient la vie et son cadre, ils goûtaient quelque chose faite de toutes choses, un bonheur créé en dehors et au-dessus de l'action immédiate. Et, comme ils ne pouvaient ni se communiquer une telle impression ni même songer à se la communiquer, ils tournaient l'un vers l'autre leur rire, cette gaieté contagieuse qui n'éclate que sur le visage des hommes. Sans doute ils s'attendaient à voir le lion géant revenir, mais, n'ayant pas du temps une notion précise – elle leur eût été funeste –, ils goûtaient le présent dans sa plénitude : la durée qui sépare le crépuscule du soir de celui du matin paraissait inépuisable.

Selon sa coutume, Naoh avait pris la première veille. Il n'avait pas sommeil. Énervé par la bataille du tigre et du lion géant, il sentit, lorsque Gaw et Nam furent étendus, s'agiter les notions que la tradition et l'expérience avaient accumulées dans son crâne. Elles se liaient confusément, elles formaient la légende du Monde. Et déjà le monde était vaste dans l'intelligence des Oulhamr. Ils connaissaient la marche du soleil et de la lune, le cycle des ténèbres suivant la lumière, de la lumière suivant les ténèbres, de la saison froide alternant avec la saison chaude ; la route des rivières et des fleuves ; la naissance, la vieillesse et la mort des hommes ; la forme, les habitudes et la force des bêtes innombrables ; la croissance des arbres et des herbes, l'art de façonner l'épieu, la hache, la massue, le grattoir, le harpon, et de s'en servir ; la course du vent et des nuages ; le caprice de la pluie et la férocité de la foudre. Enfin, ils connaissaient le Feu – la plus terrible et la plus douce des choses vivantes – assez fort pour détruire toute une savane et toute une forêt avec leurs mammouths, leurs rhinocéros, leurs lions, leurs tigres, leurs ours, leurs aurochs et leurs urus.

La vie du Feu avait toujours fasciné Naoh. Comme aux bêtes, il lui faut une proie : il se nourrit de branches, d'herbes sèches, de graisse ; il s'accroît ; chaque feu naît d'autres feux ; chaque Feu peut mourir. Mais la stature d'un feu est illimitée, et, d'autre part, il se laisse découper sans fin ; chaque morceau peut vivre. Il décroît lorsqu'on le prive de nourriture : il se fait petit comme une abeille, comme une mouche, et, cependant, il pourra renaître le long d'un brin d'herbe, redevenir vaste comme un marécage. C'est une bête et ce n'est pas une bête. Il n'a pas de pattes ni de corps rampant, et il devance les antilopes ; pas d'ailes, et il vole dans les nuages ; pas de gueule, et il souffle, il gronde, il rugit ; pas de mains ni de griffes, et il s'empare de toute l'étendue... Naoh l'aimait, le détestait et le redoutait. Enfant, il avait parfois subi sa morsure ; il savait qu'il n'a de préférence pour personne – prêt à dévorer ceux qui l'entretiennent – plus sournois que l'hyène, plus féroce que la panthère. Mais sa présence est délicieuse ; elle dissipe la cruauté des nuits froides, repose des fatigues et rend redoutable la faiblesse des hommes.

Dans la pénombre des pierres basaltiques, Naoh, avec un doux désir, voyait le brasier du campement et les lueurs qui effleuraient le visage de Gammla. La lune montante lui rappelait la flamme lointaine. De quel lieu de la terre la lune jaillit-elle, et pourquoi, comme le soleil, ne s'éteint-elle jamais ? Elle s'amoindrit ; il y a des soirs où elle n'est plus qu'un feu chétif comme celui qui court le long d'une brindille. Puis elle se ranime. Sans doute, des Hommes-Cachés s'occupent de son entretien et la nourrissent selon les époques... Ce soir, elle est dans sa force : d'abord aussi haute que les arbres, elle diminue, mais luit davantage, tandis qu'elle monte dans le ciel. Les Hommes-Cachés ont dû lui donner du bois sec en abondance.

Tandis que le fils du Léopard rêve à ces choses, les bêtes nocturnes vont à leur aventure. Des silhouettes furtives glissent sur les herbes. Il discerne des musaraignes, des gerboises, des agoutis, des fouines légères, des belettes au corps de reptile ; puis vient un élaphe à dix cors qui file, à contre-lune, comme une sagaie. Naoh observe ses jambes sèches, son corps couleur de terre et de chêne, les ramures qu'il incline sur le col. Il a disparu. Des loups montrent leurs têtes rondes, leurs gueules fines, leurs pattes nettes et vives. Le ventre est pâle, les flancs et le dos roussissent, puis une bande noirâtre dessine les vertèbres ; des muscles forts gonflent la nuque, toute l'allure décèle quelque chose de sournois, de judicieux et de complexe, que souligne l'obliquité du regard. Ils flairent l'élaphe, mais lui-même, dans l'humidité des pénombres, a reçu avis de leur approche et son avance est considérable. Les narines intelligentes discernent la décroissance continue des effluves : les loups savent que l'herbivore gagne de l'espace. Pourtant, ils franchissent la savane, jusqu'au couvert où les plus lestes pénètrent. La poursuite paraît inutile. Tous reviennent à pas lents, déçus, quelques-uns hurlent et gémissent. Puis les narines se remettent à explorer l'atmosphère. Elles ne relèvent rien de prochain, sinon le cadavre du tigre et les hommes cachés parmi les pierres : une proie trop redoutable et une chair que, malgré leur gloutonnerie, les loups trouvent répugnante.

Ils s'en approchent, cependant, après avoir contourné le gîte des hommes.

D'abord, les loups rôdèrent autour de la carcasse, avec cette prudence excessive qui ne laisse rien au hasard. Enfin, les impatients se risquèrent. Ils portèrent leurs gueules près de la tête du tigre, près du grand mufle entrouvert, par où soufflait naguère une vie empestée et formidable ; explorant le corps, ils léchèrent les plaies rouges. Toutefois, aucun ne se décidait à porter la dent sur cette chair âpre, pleine de poison, pour qui seuls les estomacs du vautour et de l'hyène ont assez de véhémence.

Une clameur accrut leur incertitude – des plaintes, des hurlées, des ricanements. Six hyènes surgirent au clair de lune. Elles progressaient d'une allure équivoque, avec leurs avant-trains robustes, leurs torses qui s'abaissent et s'effilent pour finir par des pattes grêles. Cagneuses, le museau court et d'une puissance à broyer les os des lions, la prunelle triangulaire, l'oreille pointue et la crinière rude, elles viraient, biaisaient ou sautelaient comme des locustes.

Les loups sentirent s'accroître la puanteur affreuse de leurs glandes.

C'étaient des rôdeuses de haute stature qui, par la force énorme de leurs mâchoires, eussent tenu tête aux tigres. Mais elles ne faisaient face qu'acculées, ce qui n'arrivait guère, aucun rôdeur ne recherchant leur chair fétide et les autres mangeurs de charognes étant plus faibles qu'elles. Quoiqu'elles connussent leur supériorité sur les loups, elles hésitaient, elles tournaient dans la lueur nocturne, approchant et reculant, enflant, par intervalles, des clameurs déchirantes. À la fin, elles montèrent à l'assaut toutes ensemble.

Les loups ne tentèrent aucune résistance, mais, sûrs d'être les plus agiles, ils demeuraient à courte distance. Parce qu'elle leur échappait, ils regrettèrent la proie dédaignée. Ils rôdaient autour des hyènes avec des hurlements soudains, avec des feintes d'attaque, avec des gestes malicieux, contents d'inquiéter les ennemies.

Elles, sombres et grondantes, attaquaient la carcasse : elles l'eussent préférée putride, grouillante, mais leurs derniers repas avaient été pauvres, et la présence des loups excitait leur voracité ! Elles savourèrent d'abord les entrailles ; broyant les côtes de leurs dents indestructibles, elles extirpèrent le cœur, les poumons, le foie et la langue râpeuse, que l'agonie avait fait saillir. C'était tout de même la volupté de refaire la chair vive avec la chair morte, la douceur de se repaître au lieu de rôder le ventre vide et la tête inquiète. Les loups le comprenaient bien, eux qui pourchassaient en vain, depuis le crépuscule, les émanations de l'air et du sol.

Dans leur fureur déçue, plusieurs allèrent flairer les blocs erratiques. L'un d'eux glissa sa tête par une ouverture ; Naoh, avec dédain, lui allongea un coup d'épieu. Atteint à l'épaule, la bête sautillait sur trois pattes, avec un hurlement lamentable. Alors, tous clamèrent, de façon éclatante et farouche, où la menace était un simulacre. Leurs corps roux oscillaient dans le clair de lune, leurs yeux reluisaient de l'ardeur et de la crainte de vivre, leurs dents jetaient des lueurs d'écume, tandis que leurs pattes fines rasaient le sol, avec un petit bruit frissonnant, ou se roidissaient dans l'attente : le désir de se repaître devenait insupportable. Mais, sachant que, derrière le basalte, gîtaient des êtres astucieux et solides, qui ne succomberaient que par surprise, ils cessèrent leur rôderie. Agglomérés en conseil de chasse, ils échangèrent des rumeurs et des gestes, plusieurs assis sur leur train arrière, la gueule en attente, certains agités, s'entre frottant les échines. Les vieux appelaient l'attention, surtout un grand loup au pelage blême, aux dents d'ocre : on l'écoutait, on le regardait, on le flairait avec déférence.

Naoh ne doutait pas qu'ils eussent un langage : ils s'entendent pour dresser des embuscades, cerner la proie, se relayer pendant les poursuites, partager le butin. Il les considérait avec curiosité, comme il eût considéré des hommes, il cherchait à deviner leur projet.

Une troupe passa la rivière à la nage ; les autres s'éparpillèrent sous le couvert. On n'entendit plus que les hyènes acharnées sur le cadavre du tigre.

La lune, moins vaste et plus lumineuse, alanguissait les étoiles ; les plus faibles demeuraient invisibles, les brillantes semblaient mal allumées et comme noyées sous une onde ; une torpeur équivoque couvrait la forêt et la savane. Parfois une effraie sillonnait l'atmosphère bleue, extraordinairement silencieuse sur ses ailes d'ouate, parfois les raines clapotaient en bandes, posées sur les feuilles des nymphéas ou hissées sur les ragots ; les noctuelles, s'élançant en courses tremblotantes, se heurtaient à quelque chauve-souris soubresautant à travers les pénombres.

Enfin, des hurlements retentirent. Ils se répondaient le long de la rivière et dans les profondeurs des fourrés ; Naoh sut que les loups avaient cerné une proie. Il n'attendit pas longtemps pour en avoir la certitude. Une bête jaillit sur la plaine. On eût dit un cheval au poitrail étroit ; une raie brune soulignait son échine. Elle s'élançait, avec la vélocité des élaphes, suivie de trois loups qui, moins lestes qu'elle, n'auraient pu compter que sur leur endurance ou sur un accident pour la rattraper. D'ailleurs, ils ne donnaient pas toute leur vitesse, ils continuaient à répondre aux hurlements de leurs compagnons embûchés. Bientôt ceux-ci surgirent ; l'hémione se vit investi. Il s'arrêta, tremblant sur ses jarrets, explorant l'horizon avant de prendre un parti. Toutes les issues étaient barrées, sauf au nord, où l'on n'apercevait qu'un vieux loup gris. La bête traquée choisit cette voie. Le vieux loup, impassible, la laissa venir. Quand elle fut proche et qu'elle se disposa à filer en oblique, il poussa un hurlement grave. Alors, sur un tertre, trois autres loups se montrèrent.

L'hémione s'arrêta avec un long gémissement. Il sentit tout autour de lui la mort et la douleur. L'étendue était close, où son corps agile avait su déjouer tant de convoitises : sa ruse, ses pieds légers, sa force défaillaient ensemble. Il tourna plusieurs fois la tête vers ces êtres qui ne vivent ni des herbes ni des feuilles, mais de la chair vivante ; il les implora obscurément. Eux, échangeant des clameurs, resserraient le cercle ; leurs yeux dardaient trente foyers de meurtre : ils affolaient la proie, craignant ses durs sabots de corne ; ceux de face mimaient des attaques, afin qu'elle cessât de surveiller ses flancs... Les plus proches furent à quelques coudées. Alors, dans un sursaut, recourant une fois encore aux pattes libératrices, la bête vaincue se lança éperdument pour rompre l'étreinte et la dépasser. Elle renversa le premier loup, fit trébucher le deuxième : l'enivrant espace fut ouvert devant elle. Un nouveau fauve, survenant à l'improviste, bondit aux flancs de la fugitive ; d'autres enfoncèrent leurs dents tranchantes. Désespérément, elle rua ; un loup, la mâchoire rompue, roula parmi les herbes ; mais la gorge de l'hémione s'ouvrit, ses flancs s'empourprèrent, deux jarrets claquèrent au choc des canines ; il s'abattit sous une grappe de gueules qui le dévoraient vivant.

Quelque temps, Naoh contempla ce corps d'où jaillissaient encore des souffles, des plaintes, la révolte contre la mort. Avec des grondements de joie, les loups happaient la chair tiède et buvaient le sang chaud ; la vie entrait sans arrêt dans les ventres insatiables. Parfois, avec inquiétude, quelque vieux se tournait vers la troupe des hyènes : elles eussent préféré cette proie plus tendre et moins vénéneuse, mais elles savaient que les bêtes timides deviennent braves pour défendre ce qu'elles doivent à leur effort ; elles n'avaient pas ignoré la poursuite de l'hémione et la victoire des loups. Elles se résignèrent à la dure carcasse du tigre.

La lune fut à mi-route au zénith. Naoh s'étant assoupi, Gaw avait pris la veille ; on entrevoyait confusément la rivière coulant dans le vaste silence. Le trouble revint ; les futaies rugirent, les arbustes craquèrent, les loups et les hyènes levèrent tous ensemble leurs gueules sanglantes, et Gaw, avançant sa tête dans l'ombre des pierres, darda son ouïe, sa vue et son flair... Un cri d'agonie, un grondement bref, puis des branches s'écartèrent. Le lion géant sortit de la forêt, avec un daim aux mâchoires. Près de lui, humble encore, mais déjà familière, la tigresse se coulait comme un gigantesque reptile. Tous deux s'avancèrent vers le refuge des hommes.

Saisi de crainte, Gaw toucha l'épaule de Naoh. Les Nomades épièrent longtemps les deux fauves : le lion-tigre déchirait la proie d'un geste continu et large, la tigresse avait des incertitudes, des peurs subites, des regards obliques vers celui qui avait terrassé son mâle. Et Naoh sentit une grande appréhension resserrer sa poitrine et ralentir son souffle.

5

Sous les blocs erratiques

Quand le matin erra sur la terre, le lion géant et la tigresse étaient toujours là. Ils sommeillaient auprès de la carcasse du daim, dans un rai de soleil pâle. Et les trois hommes, ensevelis sous le refuge de pierre, ne pouvaient détourner leurs yeux des voisins formidables. Une gaieté heureuse descendait sur la forêt, la savane et la rivière. Les hérons conduisaient leurs héronneaux à la pêche ; un éclair de nacre précédait la plongée des grèbes ; à tous les détours de l'herbe et de la branche rôdaient les oisillons. Un miroitement brusque signalait le martin-pêcheur ; le geai étalait sa robe bleu, argent et roux, et parfois la pie goguenarde, jacassant sur une fourche, balançait sa queue d'où semblaient alternativement jaillir l'ombre et la lumière. Cependant, freux et corneilles croassaient sur les squelettes de l'hémione et du tigre : désappointés devant ces ossements où ne demeurait aucun filandre, ils partaient, en vols obliques, vers les restes du daim. Là, deux épais vautours cendrés barraient la route. Ces bêtes au col chauve, aux yeux d'eau palustre, n'osaient toucher à la proie des félins. Elles tournaient, elles biaisaient, elles dardaient leur bec aux narines puantes et le retiraient, avec un dandinement stupide ou de brusques essors. Puis, immobiles, elles semblaient plongées dans un rêve, inopinément rompu d'un sursaut de la tête. À part la rousseur mobile d'un écureuil tout de suite noyée dans les feuilles, on n'entrevoyait point de mammifères : l'odeur des grands félins les maintenait dans la pénombre ou tapis au fond d'abris sûrs.

Naoh croyait que le souvenir des coups d'épieu avait ramené le lion géant ; il regrettait cette action inutile. Car l'Oulhamr ne doutait pas que les fauves sauraient se comprendre et qu'ainsi chacun veillerait à son tour près du refuge. Des récits roulaient par sa cervelle où éclataient la rancune et la ténacité des bêtes offensées par l'homme. Parfois la fureur enflait sa poitrine ; il se levait en brandissant sa massue ou sa hache. Cette colère s'apaisait vite : malgré sa victoire sur l'ours gris, il estimait l'homme inférieur aux grands carnassiers. La ruse, qui avait réussi dans la pénombre de la grotte, ne réussirait pas avec le lion géant ni avec la tigresse. Pourtant, il n'entrevoyait pas d'autre fin que le combat : il faudrait ou mourir de faim sous les pierres, ou profiter du moment où la tigresse serait seule. Pourrait-il compter entièrement sur Nam et sur Gaw ?

Il se secoua, comme s'il avait froid ; il vit les yeux de ses compagnons fixés sur lui. Sa force éprouva le besoin de les rassurer :

— Nam et Gaw ont échappé aux dents de l'ours : ils échapperont aux griffes du lion géant !

Les jeunes Oulhamr tournaient leurs faces vers l'épouvantable couple endormi.

Naoh répondit à leur pensée :

— Le lion géant et la tigresse ne seront pas toujours ensemble. La faim les séparera. Quand le lion sera dans la forêt, nous combattrons, mais Nam et Gaw devront obéir à mon commandement.

La parole du chef gonfla d'espoir la chair des jeunes hommes ; et la destruction même, s'ils combattaient avec Naoh, semblait moins redoutable.

Le fils du Peuplier, plus prompt à s'exprimer, cria :

— Nam obéira jusqu'à la mort !

L'autre leva les deux bras :

— Gaw ne craint rien avec Naoh.

Le chef les regardait avec douceur ; ce fut comme si l'énergie du monde descendait dans leurs poitrines, avec des sensations innombrables, dont aucune ne rencontrait de mots pour s'exprimer, et, poussant le cri de guerre, Nam et Gaw brandissaient leurs haches.

Au bruit, les félins tressautèrent ; les Nomades hurlèrent plus fort, en signe de défi ; les fauves expiraient des feulements de colère... Tout retomba dans le calme. La lumière tourna sur la forêt ; le sommeil des félins rassurait les bêtes agiles qui, furtivement, passaient le long de la rivière ; les vautours, à longs intervalles, happaient quelques lambeaux de chair ; la corolle des fleurs se haussait vers le soleil ; la vie s'exhalait si tenace et si innombrable qu'elle semblait devoir s'emparer du firmament.

Les trois hommes attendaient, avec la même patience que les bêtes. Nam et Gaw s'endormaient par intervalles. Naoh reprenait des projets fuyants et monotones comme des projets de mammouths, de loups ou de chiens. Ils avaient encore de la chair pour un repas, mais la soif commençait à les tourmenter : toutefois, elle ne deviendrait intolérable qu'après plusieurs jours.

Vers le crépuscule, le lion géant se dressa. Dardant un regard de feu sur les blocs erratiques, il s'assura de la présence des ennemis. Sans doute n'avait-il plus un souvenir exact des événements, mais son instinct de vengeance se rallumait et s'entretenait à l'odeur des Oulhamr ; il souffla de colère et fit sa ronde devant les interstices du refuge. Se souvenant enfin que le fort était inabordable et qu'il en jaillissait des griffes, il cessa de rôder et s'arrêta près de la carcasse du daim, dont les vautours avaient pris peu de chose. La tigresse y était déjà. Ils ne mirent guère de temps à dévorer les restes, puis le grand lion tourna vers la tigresse son crâne rougeâtre. Quelque chose de tendre émana de la bête farouche, à quoi la tigresse répondit par un miaulement, son long corps coulé dans l'herbe. Le lion-tigre, frottant son mufle contre l'échine de sa compagne, la lécha, d'une langue râpeuse et flexible. Elle se prêtait à la caresse, les yeux mi-clos, pleins de lueurs vertes ; puis elle fit un bond en arrière, son attitude devint presque menaçante. Le mâle gronda – un grondement assourdi et câlin – tandis que la tigresse jouait dans le crépuscule. Les lueurs orangées lui donnaient l'aspect de quelque flamme dansante ; elle s'aplatissait comme une immense couleuvre, rampait dans l'herbe et s'y cachait, repartait en bonds immenses.

Son compagnon, d'abord immobile, roidi sur ses pattes noirâtres, les yeux rougis de soleil, se rua vers elle. Elle s'enfuit, elle se glissa dans un bouquet de frênes, où il la suivit en rampant.

Et Nam, ayant vu disparaître les fauves, dit :

– Ils sont partis..., il faut passer la rivière.

– Nam n'a-t-il plus d'oreilles et plus de flair ?

répliqua Naoh. Ou croit-il pouvoir bondir plus vite que le lion géant ?

Nam baissa la tête : un souffle caverneux s'élevait parmi les frênes, qui donnait aux paroles du chef une signification impérieuse. Le guerrier reconnut que le péril était aussi proche que lorsque les carnivores dormaient devant les blocs basaltiques.

Néanmoins, quelque espérance demeurait au cœur des Oulhamr : le lion-tigre et la tigresse, par leur union même, sentiraient davantage le besoin d'un repaire. Car les grands fauves gîtent rarement sur la terre nue, surtout dans la saison des pluies.

Lorsque les trois hommes virent le brasier du soleil descendre vers les ténèbres, ils conçurent la même angoisse secrète qui, dans le vaste pays des arbres et des herbes, agite les herbivores. Elle s'accrut quand leurs ennemis reparurent. La démarche du lion géant était grave, presque lourde ; la tigresse tournait autour de lui dans une gaieté formidable. Ils revinrent flairer la présence des hommes au moment où croulait l'astre rouge, où un frisson immense, des voix affamées s'élevaient sur la plaine : les gueules monstrueuses passaient et repassaient devant les Oulhamr, les yeux de feu vert dansaient comme des lueurs sur un marécage. Enfin le lion-tigre s'accroupit, tandis que sa compagne se glissait dans les herbes et allait traquer des bêtes parmi les buissons de la rivière.

De grosses étoiles s'allumèrent dans les eaux du firmament. Puis l'étendue palpita tout entière de ces petits feux immuables et l'archipel de la voie lactée précisa ses golfes, ses détroits, ses îles claires.

Gaw et Nam ne regardaient guère les astres, mais Naoh n'y était pas insensible. Son âme confuse y puisait un sens plus aigu de la nuit, des ténèbres et de l'espace. Il croyait que la plupart apparaissaient seulement comme une poudre de brasier, variables chaque nuit, mais quelques-uns revenaient avec persistance. L'inactivité où il vivait depuis la veille mettant en lui quelque énergie perdue, il rêvait devant la masse noire des végétaux et les lueurs fines du ciel. Et dans son cœur quelque chose s'exaltait, qui le mêlait plus étroitement à la terre.

La lune coula dans les ramures. Elle éclairait le lion géant accroupi parmi les herbes hautes et la tigresse qui, rôdant de la savane à la forêt, cherchait à rabattre quelque bête. Cette manœuvre inquiétait le chef.

Cependant, la tigresse finit par avancer tellement sous le couvert qu'on aurait pu livrer combat à son compagnon. Si la force de Nam et de Gaw avait été comparable à la sienne, Naoh aurait peut-être risqué l'aventure. Il souffrait de la soif. Nam en souffrait davantage : encore que ce ne fût pas son tour de veille, il ne pouvait dormir. Le jeune Oulhamr ouvrait dans la pénombre des yeux de fièvre ; Naoh lui-même était triste. Il n'avait jamais senti aussi longue la distance qui le séparait de la horde, de cette petite île d'êtres, hors laquelle il se perdait dans la cruelle immensité. La figure des femmes flottait autour de lui comme une force plus douée, plus sûre, plus durable que celle des mâles...

Dans son rêve, il s'endormit de ce sommeil de veille que la plus légère approche dissipe. Le temps passa sous les étoiles. Naoh ne s'éveilla qu'au retour de la tigresse. Elle ne ramenait pas de proie ; elle semblait lasse. Le lion-tigre, s'étant levé, la flaira longuement et se mit en chasse à son tour. Lui aussi suivit le bord de la rivière, se tapit dans les buissons, prolongea sa course dans la forêt. Naoh l'épiait avidement. Souvent, il faillit éveiller les autres (Nam avait succombé au sommeil), mais un instinct sûr l'avertissait que la brute n'était pas assez éloignée encore. Enfin, il se décida ; il toucha l'épaule de ses compagnons et, lorsqu'ils furent debout, il murmura :

— Nam et Gaw sont-ils prêts à combattre ?

Ils répondirent :

— Le fils du Saïga suivra Naoh !

— Nam combattra de l'épieu et du harpon.

Les jeunes guerriers considérèrent la tigresse. Quoique la bête fût toujours couchée, elle ne dormait point : à quelque distance, le dos tourné aux blocs basaltiques, elle guettait. Or Naoh, pendant sa veille, avait silencieusement déblayé la sortie. Si l'attention de la tigresse s'éveillait tout de suite, un seul homme, deux au plus auraient le temps de surgir du refuge. S'étant assuré que les armes étaient en état, Naoh commença par pousser dehors son harpon et sa massue, puis il se coula avec une prudence infinie. La chance le favorisa : des hurlements de loups, des cris de hulotte couvrirent le bruit léger du corps frôlant la terre. Naoh se trouva sur la prairie, et déjà la tête de Gaw arrivait à l'ouverture. Le jeune guerrier sortit d'un mouvement brusque ; la tigresse se retourna et regarda fixement les Nomades. Surprise, elle n'attaqua pas tout de suite, si bien que Nam put arriver à son tour. Alors seulement la tigresse fit un bond, avec un miaulement d'appel ; puis elle continua de se rapprocher des hommes, sans hâte, sûre qu'ils ne pourraient échapper. Eux, cependant, avaient levé leurs sagaies. Nam devait lancer la sienne tout d'abord, puis Gaw, et tous deux viseraient aux pattes. Le fils du Peuplier profita d'un moment favorable.

L'arme siffla ; elle atteignit trop haut, près de l'épaule. Soit que la distance fût excessive, soit que la pointe eût glissé de biais, la tigresse ne parut ressentir aucune douleur : elle gronda et hâta sa course. Gaw, à son tour, lança le trait. Il manqua la bête, qui avait fait un écart. C'était au tour de Naoh. Plus fort que ses compagnons, il pouvait faire une blessure profonde. Il lança le trait alors que la tigresse n'était qu'à vingt coudées ; il l'atteignit à la nuque. Cette blessure n'arrêta pas la bête, qui précipita son élan.

Elle arriva sur les trois hommes comme un bloc : Gaw croula, atteint d'un coup de griffe sur la mamelle. Mais la pesante massue de Naoh avait frappé ; la tigresse hurlait, une patte rompue, tandis que le fils du Peuplier attaquait avec son épieu. Elle ondula avec une vitesse prodigieuse, aplatit Nam contre le sol et se dressa sur ses pattes arrière pour saisir Naoh. La gueule monstrueuse fut sur lui, un souffle brûlant et fétide ; une griffe le déchirait... La massue s'abattit encore. Hurlant de douleur, le fauve eut un vertige qui permit au Nomade de se dégager et de disloquer une deuxième patte. La tigresse tournoya sur elle-même, cherchant une position d'équilibre, happant dans le vide, tandis que la massue cognait sans relâche sur les membres. La bête tomba, et Naoh aurait pu l'achever, mais les blessures de ses compagnons l'inquiétèrent. Il trouva Gaw debout, le torse rouge du sang qui jaillissait de sa mamelle : trois longues plaies rayaient la chair. Quant à Nam, il gisait, étourdi, avec des plaies qui semblaient légères ; une douleur profonde s'étendait dans sa poitrine et dans ses reins ; il ne pouvait se relever. Aux questions de Naoh, il répondit ainsi qu'un homme à moitié endormi.

Alors le chef demanda :

– Gaw peut-il venir jusqu'à la rivière ?

– Gaw ira jusqu'à la rivière, murmura le jeune Oulhamr.

Naoh se coucha et colla son oreille contre la terre, puis il aspira longuement l'espace. Rien ne révélait l'approche du lion géant et, comme, après la fièvre du combat, la soif devenait intolérable, le chef prit Nam dans ses bras et le transporta jusqu'au bord de l'eau. Là, il aida Gaw à se désaltérer, but lui-même abondamment et abreuva Nam en lui versant l'eau du creux de sa main entre les lèvres. Ensuite il reprit le chemin des blocs basaltiques, avec Nam contre sa poitrine et soutenant Gaw qui trébuchait.

Les Oulhamr ne savaient guère soigner les blessures : ils les recouvraient de quelques feuilles qu'un instinct, moins humain qu'animal, leur faisait choisir aromatiques. Naoh ressortit pour aller chercher des feuilles de saule et de menthe qu'il appliqua, après les avoir écrasées, sur la poitrine de Gaw. Le sang coulait plus faiblement, rien n'annonçait que les plaies fussent mortelles. Nam sortait de sa torpeur, quoique ses membres, ses jambes surtout, demeurassent inertes. Et Naoh n'oublia pas les paroles utiles :

– Nam et Gaw ont bien combattu... Les fils des Oulhamr proclameront leur courage...

Les joues des jeunes hommes s'animèrent, dans la joie de voir, une fois encore, leur chef victorieux.

Naoh a abattu la tigresse, murmura le fils du Saïga d'une voix creuse, comme il avait abattu l'ours gris !

— Il n'y a pas de guerrier aussi fort que Naoh ! gémissait Nam.

Alors, le fils du Léopard répéta la parole d'espérance avec tant de force que les blessés sentirent la douceur de l'avenir :

— Nous ramènerons le Feu !

Et il ajouta :

— Le lion géant est encore loin... Naoh va chercher la proie.

Naoh allait et revenait par la plaine, surtout près de la rivière. Quelquefois il s'arrêtait devant la tigresse. Elle vivait. Sous la chair saignante, les yeux brillaient, intacts : elle épiait le grand Nomade se mouvant autour d'elle. Les plaies du flanc et du dos étaient légères, mais les pattes ne pourraient guérir qu'après beaucoup de temps.

Naoh s'arrêtait auprès de la vaincue ; comme il lui accordait des impressions semblables à celles d'un homme, il criait :

— Naoh a rompu les pattes de la tigresse..., il l'a rendue plus faible qu'une louve !

À l'approche du guerrier, elle se soulevait avec un rauquement de colère et de crainte. Il levait sa massue :

— Naoh peut tuer la tigresse, et la tigresse ne peut pas lever une seule de ses griffes contre Naoh !

Un bruit confus s'entendit. Naoh rampa dans l'herbe haute. Et des biches parurent, fuyant des chiens encore invisibles, dont on entendait l'aboiement. Elles bondirent dans l'eau, après avoir flairé l'odeur de la tigresse et de l'homme, mais le dard de Naoh siffla ; l'une des biches, atteinte au flanc, dériva. En quelques brasses, il l'atteignit. L'ayant achevée d'un coup de massue, il la chargea sur son épaule et l'emporta vers le refuge, au grand trot, car il flairait le péril proche... Comme il se glissait parmi les pierres, le lion géant sortit de la forêt.

6

La fuite dans la nuit

Six jours avaient passé depuis le combat des Nomades et de la tigresse. Les blessures de Gaw se cicatrisaient, mais le guerrier n'avait pu reprendre encore la force écoulée avec le sang. Pour Nam, s'il ne souffrait plus, une de ses jambes restait lourde. Naoh se rongeait d'impatience et d'inquiétude. Chaque nuit, le lion géant s'absentait davantage, car les bêtes connaissaient toujours mieux sa présence : elle imprégnait les pénombres de la forêt, elle rendait effrayants les bords de la rivière. Comme il était vorace et qu'il continuait à nourrir la tigresse, sa tâche était âpre : souvent, tous deux enduraient la faim ; leur vie était plus misérable et plus inquiète que celle des loups.

La tigresse guérissait ; elle rampait sur la savane avec tant de lenteur et des pattes si malhabiles que Naoh ne s'éloignait guère pour lui crier sa défaite. Il se gardait de la tuer, puisque le soin de la nourrir fatiguait son compagnon et prolongeait ses absences. Et il s'établissait une habitude entre l'homme et la bête mutilée. D'abord, les images du combat, se ravivant en elle, soulevaient sa poitrine de colère et de crainte. Elle écoutait haineusement la voix articulée de l'homme, cette voix irrégulière et variable, si différente des voix qui rauquent, hurlent ou rugissent, elle dressait sa tête trapue et montrait les armes formidables qui garnissaient ses mâchoires.

Lui, faisant tournoyer sa massue ou levant sa hache, répétait :

— Que valent maintenant les griffes de la tigresse ? Naoh peut lui briser les dents avec la massue, lui ouvrir le ventre avec l'épieu. La tigresse n'a pas plus de force contre Naoh que le daim ou le saïga !

Elle s'accoutumait aux discours, au tournoiement des armes ; elle fixait la lumière verte de ses yeux, déjà rouverts, sur la singulière silhouette verticale. Et quoiqu'elle se souvînt des coups terribles de la massue, elle ne redoutait plus d'autres coups, la nature des êtres étant de croire à la persistance de ce qu'ils voient se renouveler. Puisque, chaque fois, Naoh levait sa massue sans l'abattre, elle s'attendait qu'il ne l'abattrait point. Comme, d'autre part, elle avait connu que l'homme était redoutable, elle ne le considérait plus comme une proie, elle se familiarisait simplement avec sa présence, et la familiarité sans but, pour toutes les bêtes, est une sorte de sympathie. Naoh, à la fin, trouvait plaisir à laisser vivre la féline : sa victoire en était plus continue et plus sûre. Et, par là, lui aussi ressentait pour elle un confus attachement.

Le temps vint où, pendant l'absence du lion géant, Naoh ne se rendit plus seul à la rivière : Gaw s'y traînait après lui. Lorsqu'ils avaient bu, ils rapportaient à boire pour Nam dans une écorce creuse. Or, le cinquième soir, la tigresse avait rampé au bord de l'eau, à l'aide de son corps plutôt qu'avec ses pattes, et elle buvait péniblement, car la rive s'inclinait. Naoh et Gaw se mirent à rire.

Le fils du Léopard disait :

— Une hyène est maintenant plus forte que la

tigresse..., les loups la tueraient !

Puis, ayant empli d'eau l'écorce creuse, il se plut, par bravade, à la poser devant la tigresse. Elle feula doucement, elle but. Cela divertit les Nomades, si bien que Naoh recommença. Ensuite, il s'écria avec moquerie :

– La tigresse ne sait plus boire à la rivière !

Et son pouvoir lui plaisait.

C'est le huitième jour que Nam et Gaw se crurent assez forts pour franchir l'étendue et que Naoh prépara la fuite pour la nuit prochaine. Cette nuit descendit, humide et pesante : le crépuscule d'argile rouge traîna longtemps au fond du ciel ; les herbes et les arbres ployaient sous la bruine ; les feuilles tombaient avec un bruit d'ailes chétives et une rumeur d'insectes. De grandes lamentations s'élevaient de la profondeur des futaies et des brousses grelottantes, car les fauves étaient tristes et ceux qui n'avaient pas faim se terraient dans leur repaire.

Tout l'après-midi, le lion-tigre montra du malaise ; il sortait de son sommeil avec un frémissement : l'image d'un abri solide, telle la caverne où il avait vécu avant le cataclysme, traversait sa mémoire. Il avait choisi un creux sur la savane, il l'avait en partie aménagé pour lui et la tigresse, mais il n'y vivait pas à l'aise. Naoh songeait que, sans doute, cette nuit, en même temps qu'il partirait en chasse, il rechercherait quelque gîte. Son absence serait longue. Les Oulhamr auraient le temps de franchir la rivière ; la bruine favoriserait leur retraite : elle détrempait la terre, elle effaçait l'odeur des traces, que le lion géant ne suivait pas avec subtilité.

Peu après le crépuscule, le félin commença de roder. D'abord, il explora le voisinage, il s'assura qu'aucune proie n'était proche, puis, comme les autres soirs, il s'enfonça dans la forêt. Naoh attendit, incertain, car l'odeur trop humide des végétaux ne laissait pas facilement transparaître celle des fauves ; le bruit des feuilles et des gouttes d'eau dispersait l'ouïe. À la fin, il donna le signal, prenant la tête de l'expédition, tandis que Nam et Gaw suivaient à droite et à gauche. Cette disposition permettait de mieux prévoir les approches et rendait les Nomades plus circonspects. Il fallait d'abord franchir la rivière. Naoh, pendant ses sorties, avait découvert un endroit guéable jusque vers le milieu du courant. Ensuite, il fallait nager vers un roc, où le gué recommençait. Avant d'entreprendre la traversée, les guerriers brouillèrent leurs traces ; ils tournèrent quelque temps auprès de la rivière, coupant et reprenant les lignes, s'arrêtant et piétinant de manière à renforcer l'empreinte de leur passage. Il fallait se garder aussi de prendre directement le gué : ils le gagnèrent à la nage.

Sur l'autre rive, ils recommencèrent d'entrecroiser leurs pas, décrivant de longs lacets et des courbes capricieuses, puis ils sortirent de ces méandres sur des amas d'herbes arrachées dans la savane. Ils posaient ces amas deux par deux, ils les retiraient à mesure : c'était un stratagème par quoi l'homme dépassait l'élaphe le plus subtil et le loup le plus sagace. Quand ils eurent franchi trois ou quatre cent coudées, ils crurent avoir assez fait pour décourager la poursuite et ils continuèrent le voyage en ligne droite.

Ils avancèrent quelque temps en silence puis Nam et Gaw s'interpellèrent, tandis que Naoh dressait l'oreille. Au loin, un rauquement avait retenti : il se répéta trois fois, suivi d'un long miaulement.

Nam dit :

– Voici le lion géant !

– Marchons plus vite ! murmura Naoh.

Ils firent une centaine de pas, sans que rien troublât la paix des ténèbres ; ensuite la voix tonna, plus proche.

– Le lion géant est au bord de la rivière !

Ils hâtèrent encore leur marche : maintenant les rugissements se suivaient, saccadés, stridents, pleins de colère et d'impatience. Les Nomades connurent que la bête courait à travers leurs traces enchevêtrées : leur cœur frappait contre leur poitrine comme le bec du pic contre l'écorce des arbres ; ils se sentirent nus et faibles devant la masse pesante de l'ombre. D'autre part, cette ombre les rassurait, elle les mettait à l'abri même du regard des nocturnes. Le lion géant ne pouvait les suivre qu'à la piste, et, s'il traversait la rivière, il se retrouverait aux prises avec la ruse des hommes, il ignorerait par où ils avaient passé.

Un rugissement formidable raya l'étendue ; Nam et Gaw se rapprochèrent de Naoh :

– Le grand lion a passé l'eau ! murmura Gaw.

– Marchez ! répondit impérieusement le chef, tandis que lui-même s'arrêtait et se couchait pour mieux entendre les vibrations de la terre.

Coup sur coup, d'autres clameurs éclatèrent.

Naoh, se relevant, cria :

— Le grand lion est encore sur l'autre rive !

La voix grondante décroissait ; la bête avait abandonné la poursuite et se retirait vers le nord. Or il était improbable qu'un autre félin de haute stature empiétât sur le territoire ; quant à l'ours gris, rare déjà dans le terroir où Naoh l'avait combattu, il devait être presque introuvable, si loin et si bas dans le sud. Et, à trois, ils ne redoutaient ni le léopard ni la grande panthère.

Ils marchèrent très longtemps. Quoique la bruine fût dissipée, les ténèbres demeuraient profondes. Une épaisse muraille de nuages couvrait les étoiles. On n'apercevait que ces phosphorescences légères qui s'échappent des plantes ou se posent sur les eaux ; une bête soufflait dans le silence ou faisait entendre le frôlement de ses pattes ; un grondement roulait sur les herbes mouillées ; des fauves en chasse hurlaient, glapissaient, aboyaient.

Les Oulhamr s'arrêtaient pour saisir les bruits et les senteurs, qui sont comme la rôderie aérienne des bêtes. Enfin, Nam et Gaw commencèrent à se lasser. Nam sentait une faiblesse autour de ses os, les cicatrices de Gaw étaient plus chaudes : il fallait chercher un abri. Pourtant, ils franchirent encore quatre mille coudées : l'air redevint plus humide, le souffle de l'espace s'enfla. Ils devinèrent qu'une grande masse d'eau était prochaine. Bientôt, ils en eurent la certitude.

Tout semblait paisible. À peine si quelques bruits furtifs annonçaient la fuite d'une bestiole, si quelque forme apparaissait et disparaissait dans un bond rapide. Naoh finit par choisir comme abri un immense peuplier noir. L'arbre ne pouvait offrir aucune défense contre l'attaque des fauves, mais, dans les ténèbres, comment trouver un refuge sûr ou qui ne fut pas occupé ? La mousse était mouillée et le temps frais. Peu importait aux Oulhamr ; ils avaient une chair aussi résistante aux intempéries que des ours ou des sangliers. Nam et Gaw s'étendirent sur le sol et s'anéantirent tout de suite dans le sommeil ; Naoh veillait. Il n'était pas las ; il avait pris de longs repos sous les pierres basaltiques et, bien préparé aux marches, aux travaux et aux combats, il résolut de prolonger sa garde pour que Nam et Gaw fussent plus forts.

Deuxième partie

Les cendres

Longtemps, il se trouva dans cette obscurité sans astre qui avait retardé la fuite. Puis une clarté filtra à l'orient. Répandue avec douceur dans la mousse des nuages, elle descendit comme une nappe de perles. Naoh vit qu'un lac barrait la route du sud : son œil n'en pouvait apercevoir la fin. Le lac vibrait lentement : le Nomade se demanda s'il faudrait le contourner vers l'est, où l'on discernait une rangée de collines, ou vers l'ouest, pâle et plat, entrecoupé d'arbres.

La lumière demeurait faible ; une brise coulait délicatement de la terre sur les vagues ; très haut, un souffle fort s'éleva, qui traquait et trouait les nues. La lune, à son dernier quartier, finit par se dessiner parmi les effilochures de vapeur. Bientôt une grande citerne bleue reçut l'image arquée. Pour la prunelle perçante de Naoh, le site se dessina jusqu'aux frontières mêmes de l'horizon : vers le levant, le chef discernait des côtes et des lignes arborescentes, estompées à contre-lune, qui indiquaient la route du voyage ; au sud et vers l'ouest, le lac s'étendait indéfiniment.

Il régnait un silence qui semblait se répandre des eaux jusqu'au croissant argentin ; la brise devint si faible qu'elle tirait à peine, par intervalles, un soupir des végétaux.

Las d'immobilité, impatient de préciser sa vision, Naoh sortit de l'ombre du peuplier et rôda le long du rivage. Selon les dispositions du terrain et des végétaux, le site s'ouvrait largement ou se rétrécissait, les frontières orientales du lac apparaissaient plus précises ; des traces nombreuses décelaient le passage des troupeaux et des fauves.

Soudain, avec un grand frisson, le Nomade s'arrêta ; ses yeux et ses narines se dilatèrent, son cœur battit d'anxiété et d'un ravissement étrange ; les souvenirs se levèrent si énergiquement qu'il croyait revoir le camp des Oulhamr, le foyer fumant et la figure flexible de Gammla. C'est que, au sein de l'herbe verte, un vide se creusait, avec des braises et des rameaux à demi consumés : le vent n'avait pas encore dispersé la poudre blanchâtre des cendres.

Naoh imagina la quiétude d'une halte, l'arôme des viandes rôties, la chaleur tendre et les bonds roux de la flamme ; mais, simultanément, il voyait l'ennemi.

Plein de crainte et de prudence, il s'agenouilla pour mieux considérer la trace des rôdeurs formidables. Bientôt, il sut qu'il y avait au moins trois fois autant de guerriers que de doigts à ses deux mains, et ni femmes, ni vieillards, ni enfants. C'était une de ces expéditions de chasse et de découverte que les hordes envoyaient parfois à de grandes distances. L'état des os et des filandres concordait avec les indications fournies par l'herbe.

Il importait à Naoh de savoir d'où les chasseurs venaient et par où ils avaient passé. Il craignit qu'ils n'appartinssent à la race des Dévoreurs d'Hommes qui, depuis la jeunesse de Goûn, occupaient les territoires méridionaux, des deux côtés du Grand

Fleuve. Dans cette race, la stature dépassait celle des Oulhamr et celles de toutes les races entrevues par les chefs et les vieillards. Ils étaient seuls à se nourrir de la chair de leurs semblables, sans pourtant la préférer à celle des élaphes, des sangliers, des daims, des chevreuils, des chevaux ou des hémiones. Leur nombre ne semblait pas considérable : on n'en connaissait que trois hordes, alors que Ouag, fils du Lynx, le plus grand rôdeur né parmi les Oulhamr, avait partout rencontré des hordes qui ne mangeaient pas la chair de l'homme.

Tandis que les souvenirs parcouraient Naoh, il ne cessait de poursuivre les traces empreintes sur le sol et parmi les végétaux. La tâche était facile, car les errants, confiants dans leur nombre, dédaignaient de dissimuler leur marche. Ils avaient côtoyé le lac vers l'orient et cherchaient probablement à rejoindre les rives du Grand Fleuve.

Deux projets se présentèrent au Nomade : atteindre l'expédition avant qu'elle n'eût rejoint ses terres de chasse et lui dérober le Feu par la ruse ; ou bien la devancer, parvenir avant elle près de la horde, privée de ses meilleurs guerriers, et guetter l'heure favorable.

Afin de ne pas prendre une mauvaise route, il fallait d'abord suivre la piste. Et l'imagination sauvage, à travers les eaux, les collines et les steppes, ne cessait de voir les rôdeurs qui emportaient avec eux la force souveraine des hommes. Le rêve de Naoh avait la précision des réalités ; il était plein d'actes, plein d'énergies, plein de gestes efficaces. Longtemps le veilleur s'y abandonna, tandis que la brise mollissait, s'affaissait, s'évanouissait de feuille en feuille, de brin d'herbe en brin d'herbe.

2

L'Affût devant le Feu

Les Oulhamr, depuis trois jours, suivaient la piste des Dévoreurs d'Hommes. Ils longèrent d'abord le lac jusqu'au pied des collines ; puis ils s'engagèrent dans un pays où les arbres alternaient avec les prairies. Leur tâche fut aisée, car les rôdeurs avançaient nonchalamment ; ils allumaient de grands feux pour rôtir leurs proies ou s'abriter de la fraîcheur des nuits brumeuses.

Au rebours, Naoh usait continuellement de ruses pour tromper ceux qui pourraient les suivre. Il choisissait les sols durs, les herbes souples qui se redressent promptement, profitait du lit des ruisseaux, passait à gué ou à la nage tels tournants du lac, et parfois enchevêtrait les traces. Malgré cette prudence, il gagnait du terrain. À la fin du troisième jour, il fut si proche des Dévoreurs d'Hommes qu'il crut pouvoir les atteindre par une marche de nuit.

— Que Nam et Gaw apprêtent leurs armes et leur courage..., dit-il. Ce soir, ils reverront le Feu !

Les jeunes guerriers, selon qu'ils songeaient à la joie de voir bondir les flammes ou à la force des ennemis, respiraient plus fort ou demeuraient sans souffle.

— Reposons-nous d'abord ! reprit le fils du Léopard. Nous nous approcherons des Dévoreurs d'Hommes pendant leur sommeil, et nous essaierons de tromper ceux qui veillent.

Nam et Gaw conçurent la proximité d'un péril plus grand que tous les autres : la légende des Dévoreurs d'Hommes était redoutable. Leur force, leur audace et leur férocité dépassaient celles des hordes connues. Quelquefois, les Oulhamr en avaient surpris et exterminé des troupes peu nombreuses ; plus souvent, c'étaient des Oulhamr qui avaient péri sous leurs haches tranchantes et leurs massues de chêne.

D'après le vieux Goûn, ils descendaient de l'ours gris ; leurs bras étaient plus longs que ceux des autres hommes ; leurs corps, aussi velus que les corps d'Aghoo et de ses frères. Et, parce qu'ils se repaissaient des cadavres de leurs ennemis, ils épouvantaient les hordes craintives.

Quand le fils du Léopard eut parlé, Nam et Gaw, tout tremblants, inclinèrent la tête, puis ils prirent du repos jusqu'au milieu de la nuit.

Ils se levèrent avant que le croissant eût blanchi le fond du ciel. Naoh ayant reconnu d'avance la piste, ils marchèrent d'abord dans les ténèbres. Au lever de la lune, ils reconnurent qu'ils avaient dévié, puis ils retrouvèrent la voie. Successivement, ils traversèrent une brousse, passèrent le long de terres marécageuses et franchirent une rivière.

Enfin, du sommet d'un mamelon, cachés parmi des herbes drues et secoués d'une émotion terrible, ils aperçurent le Feu.

Nam et Gaw grelottaient ; Naoh demeurait immobile, les jarrets rompus et le souffle rauque. Après tant de nuits passées dans le froid, la pluie, les ténèbres, tant de luttes – la faim, la soif, l'ours, la tigresse et le lion géant – il apparaissait enfin, le Signe éblouissant des Hommes.

C'était sur une plaine coupée de térébinthes et de sycomores, non loin d'une mare, un brasier en demi-cercle dont les flammes s'alanguissaient autour des tisons. Cela jetait une lueur de crépuscule qui imbibait, trempait, vivifiait la structure des choses.

Des sauterelles rouges, des lucioles de rubis, d'escarboucle ou de topaze agonisaient dans la brise ; des ailes écarlates craquaient en se dilatant ; une fumerolle brusque montait en spirale et s'aplatissait dans le clair de lune ; il y avait des flammes lovées comme des vipères, palpitantes comme des ondes, imprécises comme des nues.

Les hommes dormaient, couverts de peaux d'élaphes, de loups, de mouflons, dont le poil était appliqué sur le corps. Les haches, les massues et les javelots s'éparpillaient sur la savane ; deux guerriers veillaient. L'un, assis sur la provision de bois sec, les épaules abritées d'une toison de bouc, tenait la main sur son épieu. Un rai de cuivre frappait son visage recouvert, jusqu'aux yeux, d'un poil semblable à celui des renards. Son cuir velu rappelait le cuir des mouflons, sa bouche avançait des suçoirs énormes sous un nez plat, aux narines circulaires ; il laissait pendre des bras longs comme ceux de l'Homme des Arbres, tandis que ses jambes se repliaient, courtes, épaisses et arquées.

L'autre veilleur marchait furtivement autour du foyer. Il s'arrêtait par intervalles, il dressait l'oreille, ses narines interrogeaient l'air humide qui retombait sur la plaine à mesure que s'élevaient les vapeurs surchauffées. D'une stature égale à celle de Naoh, il portait un crâne énorme, aux oreilles de loup, pointues et rétractiles ; les cheveux et la barbe poussaient en touffes, séparés par des îlots de peau safran ; on voyait ses yeux phosphorer dans la pénombre ou s'ensanglanter aux reflets de la flamme ; il avait des pectoraux dressés en cônes, le ventre plat, la cuisse triangulaire, le tibia en tranchant de hache et des pieds qui eussent été petits sans la longueur des orteils. Tout le corps, lourd et jointé comme le corps des buffles, décelait une force immense, mais moins d'aptitude à la course que le corps des Oulhamr.

Le veilleur avait interrompu sa marche. Il avançait sa tête vers la colline. Sans doute, quelque vague émanation l'inquiétait, où il ne reconnaissait ni l'odeur des bêtes ni celle des gens de sa horde, tandis que l'autre veilleur, doué d'une narine moins subtile, somnolait.

— Nous sommes trop près des Dévoreurs d'Hommes ! remarqua doucement Gaw. Le vent leur porte notre trace.

Naoh secoua la tête, car il craignait bien plus l'odorat de l'ennemi que sa vue ou que son ouïe.

— Il faut tourner le vent ! ajouta Nam.

— Le vent suit la route des Dévoreurs d'Hommes, répondit Naoh. Si nous le tournons, c'est eux qui marcheront derrière nous.

Il n'avait pas besoin d'expliquer sa pensée : Nam et Gaw connaissaient, aussi bien que les fauves, la nécessité de suivre et non de précéder la proie, à moins de dresser une embuscade.

Cependant, le veilleur adressa la parole à son compagnon, qui fit un signe négatif. Il parut qu'il allait s'asseoir à son tour, mais il se ravisa, il marcha dans la direction de la colline.

– Il faut reculer, dit Naoh.

Il chercha du regard un abri qui pût atténuer les émanations. Un épais buisson croissait près de la cime : les Oulhamr s'y tapirent et, comme la brise était légère, elle s'y rompait, elle emportait un effluve trop faible pour frapper l'odorat humain. Bientôt le veilleur s'arrêta dans sa marche ; après quelques aspirations vigoureuses, il retourna au campement.

Les Oulhamr demeurèrent longtemps immobiles. Le fils du Léopard songeait à des stratagèmes, les yeux tournés vers la lueur assombrie du brasier. Mais il ne découvrait rien. Car si le moindre obstacle déçoit une vue perçante, si l'on peut marcher assez doucement sur la steppe pour tromper l'antilope ou l'hémione, l'émanation se répand au passage et se conserve sur la piste : seuls l'éloignement et le vent contraire la dérobent...

Le glapissement d'un chacal fit lever la tête au grand Nomade. Il l'écouta d'abord en silence, puis il fit entendre un rire léger.

– Nous voici dans le pays des chacals, dit-il. Nam et Gaw essaieront d'en abattre un.

Les compagnons tournaient vers lui des visages étonnés. Il reprit :

– Naoh veillera dans ce buisson... Le chacal est aussi rusé que le loup : jamais l'homme ne pourrait l'approcher. Mais il a toujours faim. Nam et Gaw poseront un morceau de chair et attendront à peu de distance. Le chacal viendra ; il s'approchera et il s'éloignera. Puis il s'approchera et s'éloignera encore. Puis il tournera autour de vous et de la chair. Si vous ne bougez pas, si votre tête et vos mains sont comme de la pierre, après longtemps il se jettera sur la chair. Il viendra et sera déjà reparti. Votre sagaie doit être plus agile que lui.

Nam et Gaw partirent à la recherche des chacals. Ils ne sont pas difficiles à suivre ; leur voix les dénonce : ils savent qu'aucun animal ne les recherche pour en faire sa proie. Les deux Oulhamr les rencontrèrent près d'un massif de térébinthes. Il y en avait quatre, acharnés sur des ossements dont ils avaient rongé toute la fibre. Ils ne s'enfuirent pas devant les hommes ; ils dardaient sur eux des prunelles vigilantes ; ils glapirent doucement, prêts à détaler dès qu'ils jugeraient les survenants trop proches.

Nam et Gaw firent comme avait dit Naoh. Ils mirent sur le sol un quartier de biche, et, s'étant éloignés, ils demeurèrent aussi immobiles que le tronc des térébinthes. Les chacals rôdaient à pas menus sur l'herbe. Leur crainte faiblissait au fumet de la chair. Quoiqu'ils eussent souvent rencontré la bête verticale, aucun n'en avait éprouvé les ruses : toutefois, la jugeant plus forte qu'eux, ils ne la suivaient qu'à distance, et parce que leur intelligence était fine, parce qu'ils savaient que le péril ne cesse jamais à la lumière ni dans les ténèbres, ils agissaient avec méfiance. Donc, ils rôdèrent longtemps auprès des Oulhamr, ils firent beaucoup de circuits, ils s'embusquèrent dans les massifs de térébinthes et en ressortirent, ils contournèrent souvent les corps immobiles. Le croissant rougit à l'orient avant que leur doute et leur patience eussent pris fin.

Pourtant, leurs approches étaient plus hardies ; ils venaient jusqu'à vingt coudées de l'appât ; ils s'arrêtaient longuement avec des murmures. Enfin, leur convoitise s'exaspéra ; ils se décidèrent, précipités tous ensemble, pour ne laisser aucun avantage les uns aux autres. Ce fut aussi rapide que l'avait dit Naoh. Mais les harpons furent encore plus rapides ; ils percèrent le flanc de deux chacals tandis que les autres emportaient la proie ; puis les haches brisèrent ce qui demeurait de vie aux bêtes blessées.

Lorsque Nam et Gaw ramenèrent les dépouilles, Naoh se mit à dire :

— Maintenant, nous pourrons tromper les Dévoreurs d'Hommes. Car l'odeur des chacals est beaucoup plus puissante que la nôtre.

Le Feu s'était réveillé, nourri de branches et de rameaux. Il élevait sur la plaine ses flammes dévorantes et fumeuses ; on apercevait plus distinctement les dormeurs étendus, les armes et les provisions ; deux nouveaux veilleurs avaient succédé aux autres, tous deux assis, la tête basse et ne soupçonnant aucun péril.

— Ceux-là, fit Naoh, après les avoir considérés avec attention, sont plus faciles à surprendre... Nam et Gaw ont chassé les chacals ; le fils du Léopard va chasser à son tour.

Il descendit du mamelon, emportant la peau d'un des chacals, et disparut dans les broussailles qui croissaient vers le couchant. D'abord, il s'éloigna des Dévoreurs d'Hommes, afin de ne pas se découvrir. Il traversa la broussaille, rampa parmi les hautes herbes, longea une mare ombragée de roseaux et d'oseraies, tourna parmi des tilleuls, et se trouva finalement à quatre cents coudées du Feu, dans un buisson.

Les veilleurs n'avaient pas bougé. À peine si l'un d'eux perçut l'odeur du chacal, qui ne pouvait lui inspirer aucune inquiétude. Et Naoh se remplit les yeux de tous les détails du campement. Il mesura d'abord le nombre et la structure des guerriers. Presque tous décelaient une musculature imposante : des bustes profonds, servis par des bras longs et des jambes courtes ; l'Oulhamr songea qu'aucun ne le devancerait à la course. Ensuite, il examina la figure du sol. Un espace vide, où la terre était rase, le séparait, à droite, d'un petit tertre. Après, il y avait quelques arbustes, puis un banc d'herbes hautes qui tournait vers la gauche. Cette herbe s'allongeait en une sorte de promontoire jusqu'à cinq ou six coudées du Feu.

Naoh n'hésita pas longtemps. Comme les veilleurs lui tournaient presque le dos, il rampa vers le tertre. Il ne pouvait se hâter. À chaque mouvement des veilleurs, il s'arrêtait, il s'aplatissait comme un reptile. Il sentait sur lui, comme des mains subtiles, la double lueur du brasier et de la lune. Enfin il se trouva à l'abri et, se coulant derrière les arbustes, traversant la bande herbue, il parvint près du Feu.

Les guerriers endormis le cernaient presque : la plupart étaient à portée de sagaie. Si les veilleurs donnaient l'alarme, au moindre faux mouvement il serait pris. Cependant, il avait pour lui une chance : le vent soufflait dans sa direction, emportant à la fois et noyant dans la fumée son odeur et celle de la peau du chacal. De plus, les veilleurs semblaient presque assoupis ; à peine si leurs têtes se relevaient par intervalles...

Naoh apparut dans la pleine lumière, fit un bond de léopard, tendit la main et saisit un tison. Déjà il retournait vers la bande d'herbe, lorsqu'un hurlement retentit, tandis qu'un des veilleurs accourait et que l'autre lançait sa sagaie. Presque simultanément, dix silhouettes se dressèrent.

Avant qu'aucun Dévoreur d'Hommes n'eût pris sa course, Naoh avait dépassé la ligne par où on pouvait lui couper la retraite. Poussant son cri de guerre, il filait en ligne droite vers le mamelon où l'attendaient Nam et Gaw.

Les Kzamms le suivaient, éparpillés, avec des grognements de sangliers. Malgré leurs jambes courtes, ils étaient agiles, mais non assez pour atteindre l'Oulhamr qui, brandissant la torche, bondissait devant eux comme un mégacéros.

Il atteignit le mamelon avec cinq cents coudées d'avance ; il trouva Nam et Gaw debout.

– Fuyez devant ! cria-t-il.

Leurs silhouettes sveltes dévalèrent, d'une course presque aussi vite que celle du chef. Naoh se réjouit d'avoir préféré ces hommes flexibles à des guerriers plus mûrs et plus robustes. Car, devançant les Kzamms, les jeunes hommes gagnaient deux coudées sur dix bonds. Le fils du Léopard les suivait sans effort, arrêté parfois pour examiner le tison. Son émotion se partageait entre l'inquiétude de la poursuite et le désir de ne pas perdre la proie étincelante pour laquelle il avait enduré tant de souffrances. La flamme s'était éteinte. Il ne restait qu'une lueur rouge qui gagnait à peine sur la partie humide du bois. Cependant, cette lueur était assez vive pour que Naoh espérât, à la première halte, la ranimer et la nourrir.

Lorsque la lune fut au tiers de sa course, les Oulhamr se trouvèrent devant un réseau de mares.

Cette circonstance n'était pas défavorable ; ils reconnaissaient une voie déjà parcourue, voie que leur avait découverte la présence des Kzamms, étroite, sinueuse, mais sûre, fondée sur du porphyre. Ils s'y engagèrent sans hésitation et firent halte.

À peine si deux hommes pouvaient avancer ensemble, surtout pour combattre : les Kzamms devraient courir de grands risques ou tourner la position ; il serait facile aux Oulhamr de les devancer. Naoh, calculant ses chances avec son double instinct d'animal et d'homme, sut qu'il avait le temps de faire croître le Feu. La braise rouge s'était encore rétrécie : elle se fonçait, elle se ternissait.

Les Nomades cherchèrent de l'herbe et du bois secs. Les roseaux flétris, les flouves jaunissantes, les branches de saule sans sève abondaient : toute cette végétation était humide. Ils essuyèrent quelques ramuscules aux bouts effilés, des feuilles et des brindilles très fines.

La braise décrue s'avivait à peine au souffle du chef. Plusieurs fois des pointes d'herbes s'animèrent d'une lueur légère qui grandissait un instant, s'arrêtait, vacillante, sur le bord de la brindille, décroissait et mourait, vaincue par la vapeur d'eau. Alors Naoh songea au poil des chacals. Il en arracha plusieurs touffes, il essaya d'y faire courir une flamme. Quelques aigrettes rougeoyèrent ; la joie et la crainte oppressèrent les Oulhamr ; chaque fois, malgré des précautions infinies, la mince palpitation s'arrêta et s'éteignit... Il n'y eut plus d'espoir ! La cendre ne projetait qu'un éclat débile ; une dernière particule écarlate décroissait, d'abord grande comme une guêpe, puis comme une mouche, puis comme ces insectes minuscules qui flottent à la surface des mares. Enfin, tout s'éteignit, une tristesse immense glaça l'âme des Oulhamr et la dénuda...

La faible lueur avait la réalité magnifique du monde ; elle allait croître, elle allait prendre la puissance et la durée ; elle allait nourrir les brasiers de la halte, épouvanter le lion géant, le tigre et l'ours gris, combattre les ténèbres et créer dans les chairs une saveur délicieuse. Ils la ramèneraient resplendissante à la horde, et la horde reconnaîtrait leur force... Voici qu'à peine conquise elle était morte, et les Oulhamr, après les embûches de la terre, des eaux et des bêtes, allaient connaître les embûches des hommes.

3

Sur les rives du Grand Fleuve

Naoh fuyait devant les Kzamms. Il y avait huit jours que durait la poursuite ; elle était ardente, continue, pleine de feintes. Les Dévoreurs d'Hommes, soit par souci de l'avenir – les Oulhamr pouvant être les éclaireurs d'une horde – soit par instinct destructeur et par haine des étrangers, déployaient une énergie furieuse. L'endurance des fugitifs ne le cédait pas à leur vitesse ; ils auraient pu, chaque jour, gagner cinq à six mille coudées. Mais Naoh s'acharnait à la conquête du Feu. Chaque nuit, après avoir assuré à Nam et à Gaw l'avance utile, il rôdait autour du camp ennemi. Il dormait peu, mais il dormait profondément.

Comme les péripéties de cette poursuite exigeaient de nombreux détours, le fils du Léopard fut contraint d'obliquer considérablement vers l'orient, si bien que, le huitième jour, il aperçut le Grand Fleuve. C'était au sommet d'une colline conique, coulée de porphyre où les inondations, les pluies, les végétaux avaient rongé des bords, creusé des pertuis, arraché des blocs, mais qui, pendant des centaines de millénaires, résisteraient à la patience sournoise et aux coups brutaux des météores.

Le fleuve roulait dans sa force. À travers mille pays de pierres, d'herbes et d'arbres, il avait bu les sources, englouti les ruisseaux, dévoré les rivières. Les glaciers s'accumulaient pour lui dans les plis chagrins de la montagne, les sources filtraient aux cavernes, les torrents pourchassaient les granits, les grès ou les calcaires, les nuages dégorgeaient leurs éponges immenses et légères, les nappes se hâtaient sur leurs lits d'argile. Frais, écumeux et vite, lorsqu'il était dompté par les rives, il s'élargissait en lacs sur les terres plates, ou distillait des marécages ; il fourchait autour des îles ; il rugissait en cataractes et sanglotait en rapides. Plein de vie, il fécondait la vie intarissable. Des régions tièdes aux régions fraîches, des alluvions nourries de forces myriadaires aux sols pauvres, surgissaient les peuples lourds de l'arbre : les hordes de figuiers, d'oliviers, de pins, de térébinthes, d'yeuses ; les tribus de sycomores, de platanes, de châtaigniers, d'érables, de hêtres et de chênes ; les troupeaux de noyers, d'abiès, de frênes, de bouleaux ; les files de peupliers blancs, de peupliers noirs, de peupliers grisaille, de peupliers argentés, de peupliers trembles et les clans d'aulnes, de saules blancs, de saules pourpres, de saules glauques et de saules pleureurs.

Dans sa profondeur s'agitait la multitude muette des mollusques, tapis dans leurs demeures de chaux et de nacre, des crustacés aux armures articulées, des poissons de course, qu'une flexion lance à travers l'eau pesante, aussi vite que la frégate sur les nues, des poissons flasques qui barbotent lentement dans la fange, des reptiles souples comme les roseaux ou opaques, rugueux et denses. Selon les saisons, les hasards de la tempête, des cataclysmes ou de la guerre, s'abattaient les masses triangulaires des grues, les troupes grasses des oies, les compagnies de canards verts, de sarcelles, de macreuses, de pluviers et de hérons, les peuplades d'hirondelles, de mouettes et de chevaliers ; les outardes, les cigognes, les cygnes, les flandrins, les courlis, les râles, les martins-pêcheurs et la foule inépuisable des passereaux. Vautours, corbeaux et corneilles s'éjouissaient aux charognes abondantes ; les aigles veillaient à la corne des nuages ; les faucons planaient sur leurs ailes tranchantes ; les éperviers ou les crécerelles filaient au-dessus des hautes cimes ; les milans surgissaient, furtifs, imprévus et lâches, et le grand duc, la chevêche, l'effraie trouaient les ténèbres sur leurs ailes de silence.

Cependant, on distinguait quelque hippopotame oscillant comme un tronc d'érable, des martres se glissant sournoisement parmi les oseraies, des rats d'eau à crâne de lapin, tandis qu'accouraient les bandes peureuses des élaphes, des daims, des chevreuils, des mégacéros, les troupes légères des saïgas, des égagres, des hémiones et des chevaux, les armées épaisses des mammouths, des urus, des aurochs. Un rhinocéros plongeait sa cuirasse opaque dans un havre ; un sanglier malmenait les vieux saules ; l'ours des cavernes, pacifique et formidable, roulait sa masse obscure ; le lynx, la panthère, le léopard, l'ours gris, le tigre, le lion jaune et le lion noir s'embûchaient affamés ou happaient la proie chaude ; leur puanteur dénonçait le renard, le chacal et l'hyène ; les bandes de loups et de chiens déployaient contre les bêtes faibles, blessées ou recrues de fatigue, leur cautèle et leur patience. Partout pullulait une population menue de lièvres, de lapins, de mulots, de campagnols, de belettes et de loirs.... de crapauds, de grenouilles, de lézards, de vipères et de couleuvres..., de vers, de larves, de chenilles..., de sauterelles, de fourmis, de carabes..., de charançons, de libellules et de némocères..., de bourdons et de guêpes, d'abeilles, de frelons et de mouches..., de vanesses, de sphinx, de piérides, de noctuelles, de grillons, de lampyres, de hannetons, de blattes...

Le fleuve emportait pêle-mêle les arbres pourris, les sables et les argiles fines, les carcasses, les feuilles, les tiges, les racines.

Et Naoh aima les flots formidables.

Il les regardait descendre, dans leur fièvre d'automne, en un intarissable exode. Ils se heurtaient aux îles et refluaient au rivage, chutes forcenées d'écumes, longues masses planes et presque lacustres, tourbillons de schiste ou de malachite, lames de nacre et remous de fumée, déferlages spumeux, longues rumeurs de jeunesse, d'énergie et d'exaltation.

Comme le Feu, l'Eau semblait à l'Oulhamr un être innombrable ; comme le Feu, elle décroît, augmente, surgit de l'invisible, se rue à travers l'espace, dévore les bêtes et les hommes ; elle tombe du ciel et remplit la terre ; inlassable, elle use les rocs, elle traîne les pierres, le sable et l'argile ; aucune plante ni aucun animal ne peut vivre sans elle ; elle siffle, elle clame, elle rugit ; elle chante, rit et sanglote ; elle passe où ne passerait pas le plus chétif insecte ; on l'entend sous la terre ; elle est toute petite dans la source ; elle grandit dans le ruisseau ; la rivière est plus forte que les mammouths, le fleuve aussi vaste que la forêt. L'Eau dort dans le marécage, repose dans le lac et marche à grands pas dans le fleuve ; elle se rue dans le torrent ; elle fait des bonds de tigre ou de mouflon dans le rapide.

Ainsi sentait Naoh devant les flots inépuisables. Cependant, il fallait s'abriter. Des îles s'offraient : refuge contre les entreprises du fauve, peu efficaces contre les hommes, elles gêneraient les mouvements, rendraient presque impossible la conquête du Feu et exposeraient à toutes les embûches. Naoh préféra le rivage. Il s'établit sur un roc de schiste, qui dominait faiblement le site. Les flancs en étaient abrupts, la partie supérieure formait un plateau où pouvaient s'étendre dix hommes.

Les préparatifs du campement furent terminés au crépuscule. Il y avait entre les Oulhamr et les poursuivants assez de distance pour ne concevoir aucune crainte durant la moitié de la nuit.

Le temps était frais. Peu de nuages rampaient dans le couchant d'écarlate. Tout en dévorant leur repas de chair crue, de noix et de champignons, les guerriers observaient la terre noircissante. La clarté permettait encore de discerner les îles, sinon l'autre rive du fleuve. Des onagres passèrent ; une troupe de chevaux descendit jusqu'aux berges ; c'étaient des bêtes trapues, dont la tête paraissait très grosse, à cause de la crinière emmêlée. Leurs mouvements avaient un grand charme ; leurs yeux, larges et fous, dardaient une lueur bleue ; l'inquiétude rompait et précipitait leur élan ; penchés sur l'eau, ils demeuraient tremblants, pleins de méfiance. Ils burent vite et s'enfuirent. Et la nuit éploya son aile de cendre ; elle couvrait déjà l'orient, tandis qu'à l'occident persistait une pourpre fine ; un rugissement tonna sur l'étendue.

Le lion ! murmura Gaw.
— La rive est pleine de proies ! répondit Naoh. Le lion est sage ; il attaquera plutôt l'antilope ou le cerf que les hommes !

Le rugissement s'éloigna ; des chacals glapirent et l'on vit sinuer leurs silhouettes légères. Les Oulhamr dormirent alternativement jusqu'à l'aube. Ensuite, ils se remirent à descendre la rive du Grand Fleuve. Des mammouths les arrêtèrent. Leur troupeau couvrait une largeur de mille coudées et une longueur triple ; ils pâturaient, ils arrachaient les plantes tendres, ils déterraient les racines, et leur existence parut, aux trois hommes, heureuse, sûre et magnifique. Quelquefois, se réjouissant dans leur force, ils se poursuivaient sur la terre molle ou s'entre-frappaient doucement de leurs trompes velues. Sous leurs pieds immenses, le lion géant ne serait qu'une argile ; leurs défenses déracineraient les chênes, leurs têtes de granit les briseraient. Et, considérant la souplesse de leurs trompes, Naoh ne put s'empêcher de dire :

— Le mammouth est le maître de tout ce qui vit sur la terre !

Il ne les craignait point : il savait qu'ils n'attaquent aucune bête, si elle ne les importune pas.

Il dit encore :

— Aoûm, fils du Corbeau, avait fait alliance avec les mammouths.

_ Pourquoi ne ferions-nous pas comme Aoûm ? demanda Gaw.

— Aoûm comprenait les mammouths, objecta Naoh ; nous ne les comprenons pas.

Pourtant, cette question l'avait frappé ; il y rêvait, tout en tournant, à distance, autour du troupeau gigantesque. Et, sa pensée se traduisant tout haut, il reprit :

– Les mammouths n'ont pas une parole comme les hommes. Ils se comprennent entre eux. Ils connaissent le cri des chefs ; Goûn dit qu'ils prennent, au commandement, la place qu'on leur indique, et qu'ils tiennent conseil avant de partir pour une terre nouvelle... Si nous devinions leurs signes, nous ferions alliance avec eux.

Il vit un mammouth énorme qui les regardait passer. Solitaire, en contrebas de la rive, parmi de jeunes peupliers, il paissait les pousses tendres. Naoh n'en avait jamais rencontré d'aussi considérable. Sa stature s'élevait à douze coudées. Une crinière épaisse comme celle des lions croissait sur sa nuque ; sa trompe velue semblait un être distinct, qui tenait de l'arbre et du serpent.

La vue des trois hommes parut l'intéresser, car on ne pouvait supposer qu'elle l'inquiétât. Et Naoh criait :

– Les mammouths sont forts ! Le grand mammouth est plus fort que tous les autres : il écraserait le tigre et le lion comme des vers, il renverserait dix aurochs d'un choc de sa poitrine... Naoh, Nam et Gaw sont les amis du grand mammouth !

Le mammouth dressait ses oreilles membraneuses ; il écouta les sons articulés par la bête verticale, secoua lentement sa trompe et barrit.

– Le mammouth a compris ! s'écria Naoh avec joie. Il sait que les Oulhamr reconnaissent sa puissance.

Il cria encore :

– Si les fils du Léopard, du Saïga et du Peuplier retrouvent le Feu, ils cuiront la châtaigne et le gland pour en faire don au grand mammouth !

Comme il parlait, sa vue rencontra une mare, où poussaient des nénuphars orientaux. Naoh n'ignorait pas que le mammouth aimait leurs tiges souterraines. Il fit signe à ses compagnons ; ils se mirent à arracher les longues plantes roussies. Quand ils en eurent un grand tas, ils les lavèrent avec soin et les portèrent vers la bête colossale. Arrivé à cinquante coudées, Naoh reprit la parole :

– Voici ! Nous avons arraché ces plantes pour que tu puisses en faire ta pâture. Ainsi, tu sauras que les Oulhamr sont les amis du mammouth.

Et il se retira.

Curieux, le géant s'approcha des racines. Il les connaissait bien ; elles étaient à son goût.

Tandis qu'il mangeait, sans hâte, avec de longues pauses, il observait les trois hommes. Quelquefois il redressait sa trompe pour flairer, puis il la balançait d'un air pacifique.

Alors Naoh se rapprocha par des mouvements insensibles : il se trouva devant ces pieds colosses, sous cette trompe qui déracinait les arbres, sous ces défenses aussi longues que le corps d'un urus ; il était comme un mulot devant une panthère. D'un seul geste, la bête pouvait le réduire en miettes. Mais, tout vibrant de la foi qui crée, il tressaillit d'espérance et d'inspiration... La trompe le frôla, elle passa sur son corps, en le flairant ; Naoh, sans souffle, toucha à son tour la trompe velue. Ensuite il arracha des herbes et de jeunes pousses, qu'il offrit en signe d'alliance : il savait qu'il faisait quelque chose de profond et d'extraordinaire, son cœur s'enflait d'enthousiasme.

4

L'ALLIANCE ENTRE L'HOMME ET LE MAMMOUTH

Or Nam et Gaw avaient vu le mammouth venir auprès de leur chef : ils conçurent mieux la petitesse de l'homme ; puis, quand la trompe énorme se posa sur Naoh, ils murmurèrent :

— Voilà ! Naoh va être écrasé, Nam et Gaw seront seuls devant les Kzamms, les bêtes et les eaux.

Ensuite, ils virent la main de Naoh effleurer la bête ; leur âme s'emplit de joie et d'orgueil.

— Naoh a fait alliance avec le mammouth ! murmura Nam. Naoh est le plus puissant des hommes.

Cependant, le fils du Léopard criait :

— Que Nam et Gaw approchent à leur tour, de la manière que Naoh s'est approché... Ils arracheront de l'herbe et des pousses, et les offriront au mammouth.

Ils l'écoutaient, la poitrine chaude, pleins de foi ; ils s'avancèrent avec la lenteur dont le chef avait donné l'exemple, arrachant à leur passage tantôt de l'herbe tendre, tantôt de jeunes racines.

Quand ils furent proches, ils tendirent leur récolte. Comme Naoh la tendait en même temps qu'eux, le mammouth vint la dévorer. Ainsi se noua l'alliance des Oulhamr avec le mammouth.

La lune nouvelle avait grandi ; elle approchait de la nuit où elle se lèverait aussi vaste que le soleil. Or, un soir des temps, les Kzamms et les Oulhamr campaient à vingt mille coudées les uns des autres. C'était encore le long du fleuve. Les Kzamms occupaient une bande sèche du territoire ; ils se chauffaient devant le Feu rugissant et mangeaient de lourds quartiers de viande, car la chasse avait été abondante, tandis que les Oulhamr se partageaient en silence, dans l'ombre humide et froide, quelques racines et la chair d'un ramier.

À dix mille coudées de la rive, les mammouths dormaient parmi les sycomores. Ils supportaient, pendant le jour, la présence des Nomades ; la nuit, ils montraient une humeur plus ombrageuse, soit qu'ils connussent ses embûches, soit qu'ils fussent gênés dans leur repos par une autre présence que celle de leur race. Chaque soir les Oulhamr s'éloignaient donc, au-delà du terme où leur émanation pouvait être importune.

Or, cette fois, Naoh demanda à ses compagnons :

— Nam et Gaw sont-ils prêts à la fatigue ? Leurs membres sont-ils souples et leur poitrine pleine de souffle ?

Le fils du Peuplier répondit :

— Nam a dormi une partie du jour. Pourquoi ne serait-il pas prêt au combat ?

Et Gaw dit à son tour :

— Le fils du Saïga peut parcourir, de toute sa vitesse, la distance qui le sépare des Kzamms.

— C'est bien ! Naoh et ses jeunes hommes iront vers les Kzamms. Ils vont lutter toute la nuit pour conquérir le Feu.

Nam et Gaw se levèrent d'un bond et suivirent leur chef. Il ne fallait pas compter sur les ténèbres pour surprendre l'ennemi : une lune à peine écornée se levait à l'autre rive du Grand Fleuve. Elle apparaissait tantôt toute rouge au ras des îles, tantôt rompue par quelque file de hauts peupliers, à travers lesquels elle s'éparpillait en lunules ; ailleurs, elle s'enfonçait dans les flots noirs, où son image vacillante parfois rappelait un étincelant nuage d'été, parfois rampait comme un python de cuivre, ou s'allongeait ainsi qu'un cygne ; une nappe d'écailles et de micas s'élançait de son orbe et s'évasait obliquement d'une rive à l'autre.

Les Oulhamr accélérèrent d'abord leur marche, choisissant des terrains où les végétaux étaient courts. À mesure qu'ils approchaient du campement des Kzamms, leurs pas se ralentirent. Ils circulaient parallèlement les uns aux autres, séparés par des intervalles considérables, afin de surveiller la plus grande aire possible et de ne pas être cernés. Brusquement, au détour d'une oseraie, les flammes resplendirent, lointaines encore : le clair de lune les rendait pâles.

Les Kzamms dormaient : trois guetteurs entretenaient le brasier et surveillaient la nuit. Les rôdeurs, tapis parmi les végétaux, épiaient le campement avec une convoitise rageuse. Ah ! s'ils pouvaient seulement dérober une étincelle ! Ils tenaient prêts des brindilles sèches, des rameaux finement découpés : le Feu ne mourrait plus entre leurs mains jusqu'à ce qu'ils l'eussent emprisonné dans la cage d'écorce, doublée intérieurement de pierres plates. Mais comment approcher de la flamme ? Comment détourner l'attention des Kzamms, surexcitée depuis la nuit où le fils du Léopard avait paru devant leur foyer ?...

Naoh dit :

— Voici. Pendant que Naoh remontera le long du Grand Fleuve, Nam et Gaw erreront dans la plaine, autour du camp des Dévoreurs d'Hommes. Tantôt ils se cacheront et tantôt ils se montreront. Quand les ennemis s'élanceront sur leur trace, ils prendront la fuite, mais non de toute leur vitesse, car il faut que les Kzamms espèrent les saisir et qu'ils les poursuivent longtemps. Nam et Gaw mettront leur courage à ne pas fuir trop vite... Ils entraîneront les Kzamms jusqu'auprès de la Pierre Rouge. Si Naoh n'y est pas, ils passeront entre les mammouths et le Grand Fleuve. Naoh retrouvera leur piste.

Les jeunes Nomades frissonnèrent ; il leur était dur d'être séparés de Naoh devant les Kzamms formidables. Dociles, ils se glissèrent à travers les végétaux, tandis que le fils du Léopard se dirigeait vers la rive. Du temps passa. Puis Nam se montra sous un catalpa et disparut ; ensuite la silhouette de Gaw se dessina, furtive, sur les herbes... Les veilleurs donnèrent l'alarme ; les Kzamms surgirent en désordre, avec de longs hurlements, et s'assemblèrent autour de leur chef. C'était un guerrier de stature médiocre, aussi trapu que l'ours des cavernes. Il leva deux fois sa massue, proféra des propos rauques et donna le signal.

Les Kzamms formèrent six groupes éparpillés en demi-cercle. Naoh, plein de doute et d'inquiétude, les regarda disparaître ; puis il ne songea qu'à conquérir le Feu.

Quatre hommes le gardaient, choisis parmi les plus robustes. L'un surtout paraissait redoutable. Aussi trapu que le chef, et de taille plus haute, la seule dimension de sa massue annonçait sa force. Il se tenait en pleine lumière. Naoh discerna la mâchoire énorme, les yeux ombragés par des arcades velues, les jambes brèves, triangulaires et massives. Moins denses, les trois autres n'en montraient pas moins des torses épais et de longs bras aux muscles durcis.

La position de Naoh était favorable : la brise, légère mais persistante, soufflait vers lui, emportait son émanation loin des veilleurs ; des chacals rôdaient sur la savane, émettant une odeur perçante ; il avait, par surcroît, gardé une des peaux conquises. Ces circonstances lui permirent d'approcher à soixante coudées du Feu. Il s'arrêta longtemps. La lune dépassait les peupliers, lorsqu'il se dressa et poussa son cri de guerre.

Surpris par son apparition brusque, les Kzamms l'épiaient. Leur stupeur ne dura guère : hurlant tous ensemble, ils levèrent la hache de pierre, la massue ou la sagaie.

Naoh clama :

— Le fils du Léopard est venu, à travers les savanes, les forêts, les montagnes et les rivières, parce que sa tribu est sans Feu !... Si les Kzamms lui laissent prendre quelques tisons à leur foyer, il se retirera sans combattre !

Ils ne comprenaient pas mieux ces paroles d'une langue étrangère qu'ils n'eussent compris le hurlement des loups. Voyant qu'il était seul, ils ne songeaient qu'à le massacrer. Naoh recula, dans l'espoir qu'ils se disperseraient et qu'il pourrait les attirer loin du Feu ; ils s'élancèrent en groupe.

Le plus grand, dès qu'il fut à portée, jeta une sagaie à pointe de silex. Il l'avait dardée avec force et adresse. L'arme, effleurant l'épaule de Naoh, retomba sur la terre humide. L'Oulhamr, qui préférait ménager ses propres armes, ramassa le trait et le lança à son tour. Avec un sifflement, l'arme décrivit une courbe ; elle perça la gorge d'un Kzamm, qui chancela et s'étendit. Ses compagnons, poussant des clameurs de chiens, ripostèrent simultanément. Naoh n'eut que le temps de se jeter à terre pour éviter les pointes tranchantes, et les Dévoreurs d'Hommes, le croyant atteint, se précipitèrent pour l'achever. Déjà il avait rebondi et ripostait. Un Kzamm, frappé au ventre, cessa la poursuite, tandis que les deux autres projetaient coup sur coup leurs sagaies : du sang jaillit à la hanche de Naoh, mais, sentant que la blessure n'était point profonde, il se mit à tourner autour de ses adversaires, car il ne redoutait plus d'être enveloppé. Il s'éloignait, il revenait, si bien qu'il se trouva entre le Feu et ses ennemis.

— Naoh est plus rapide que les Kzamms ! cria-t-il. Il prendra le Feu et les Kzamms auront perdu deux guerriers.

Il bondit encore ; il vint tout près de la flamme. Et il étendait les mains pour saisir des tisons, lorsqu'il s'aperçut avec tremblement que tous étaient presque consumés. Il fit le tour du brasier, dans l'espoir de trouver une branche maniable : sa recherche fut vaine.

Et les Kzamms arrivaient !

Il voulut fuir, il se heurta à une souche et trébucha, si bien que ses antagonistes réussirent à lui barrer la route, en l'acculant contre le Feu. Quoique le brasier occupât une aire considérable et se trouvât surhaussé, il aurait pu le franchir. Un désespoir formidable emplissait sa poitrine ; l'idée de retourner vaincu, dans la nuit, lui fut insupportable. Levant ensemble sa hache et sa massue, il accepta le combat.

5

Pour le Feu

Les deux Kzamms n'avaient pas cessé d'approcher, encore que leurs pas se ralentissaient. Le plus fort brandissait une dernière sagaie, qu'il jeta presque à bout portant. Naoh la détourna d'un revers de hache ; l'arme fine se perdit dans les flammes. Au même instant, les trois massues tournoyèrent.

Celle de Naoh rencontra simultanément les deux autres et le heurt rompit l'élan des adversaires. Le moins fort des Kzamms avait chancelé. Naoh s'en aperçut, se rua sur lui et, d'un choc énorme, lui rompit la nuque. Mais lui-même fut atteint : un nœud de massue déchira rudement son épaule gauche ; à peine s'il évita un coup en plein crâne. Haletant, il se rejeta en arrière, pour reprendre position, puis, l'arme haute, il attendit.

Quoiqu'il ne lui restât qu'un seul adversaire, ce fut le moment épouvantable. Car son bras gauche pouvait à peine lui servir, tandis que le Kzamm se dressait, doublement armé, dans la plénitude de sa force. C'était le guerrier de haute stature, au torse profond, cerclé de côtes plus pareilles à des côtes d'aurochs qu'à des côtes d'homme, avec des bras dont la longueur dépassait d'un tiers ceux de Naoh. Ses jambes incurvées, trop brèves pour la course, lui assuraient un puissant équilibre.

Avant l'attaque décisive, il examina sournoisement

le grand Oulhamr. Jugeant que sa supériorité serait plus sûre s'il frappait à deux mains, il ne garda que sa massue. Puis il prit l'offensive.

Les armes, presque égales de poids, taillées dans le chêne dur, s'entrechoquèrent. Le coup du Kzamm fut plus fort que celui de Naoh, qui ne pouvait user de sa main gauche. Mais le fils du Léopard avait paré par un mouvement transversal. Quand le Kzamm renouvela l'attaque, il rencontra le vide ; Naoh s'était dérobé. Ce fut lui qui prit l'offensive : à la troisième reprise, sa massue arriva comme un roc. Elle eût fendu la tête de l'adversaire, si les longs bras fibreux n'avaient su se relever à temps ; de nouveau, les nœuds de chêne se rencontrèrent, et le Kzamm recula. Il riposta par un coup frénétique, qui arracha presque la massue de Naoh ; et, avant que celui-ci eût repris position, les mains du Dévoreur d'Hommes se relevaient et se rabattaient. L'Oulhamr put amortir, il ne put arrêter le coup : atteint en plein crâne, il plia sur ses jarrets, il vit tourbillonner la terre, les arbres et le Feu. Dans cette seconde mortelle, l'instinct ne l'abandonna point, une énergie suprême s'éleva du fond de l'être, et, de biais, avant que l'adversaire ne se fût ressaisi, il lança sa massue. Des os craquèrent ; le Kzamm croula : son cri se perdit dans la mort.

Alors, la joie de Naoh gronda comme un torrent ; il considéra, avec un rire rauque, le brasier où soubresautaient des flammes. Sous les astres profonds, dans la rumeur du fleuve, au murmure léger de la brise, entrecoupé du glapissement des chacals et de la voix d'un lion perdu à l'autre rive, il avait peine à concevoir son triomphe.

Et il criait d'une voix haletante :

– Naoh est maître du Feu !

Il lui semblait être la vie souveraine du monde. Il tournait lentement autour de la bête rouge, il allongeait la main vers elle, il exposait sa poitrine à cette caresse depuis si longtemps perdue. Puis il murmurait encore, dans le ravissement et dans l'extase :

– Naoh est maître du Feu !

À la longue, la fièvre de son bonheur s'apaisa. Il commença de craindre le retour des Kzamms ; il lui fallait emporter sa conquête. Déliant les pierres minces qu'il portait avec lui, depuis son départ du grand marécage, il se disposa à les réunir avec des brindilles, des écorces et des roseaux. Comme il furetait autour du camp, il eut une joie nouvelle : dans un repli du terrain, il venait d'apercevoir la cage où les Dévoreurs d'Hommes entretenaient le Feu.

C'était une sorte de nid en écorce, garni de pierres plates disposées avec un art grossier, patient et solide ; une petite flamme y scintillait encore. Quoique Naoh sût fabriquer les cages à feu aussi bien qu'aucun homme de sa horde, il lui eût été difficile d'en faire une aussi parfaite. Il y fallait le loisir, un choix attentif des pierres, des remaniements nombreux. La cage des Kzamms était composée d'une triple couche de feuilles de schiste, maintenues extérieurement par une écorce de chêne vert ; elle était reliée par des branchettes flexibles. Une fente maintenait un tirage léger.

Ces cages demandaient une vigilance incessante ; il fallait défendre la flamme contre la pluie et les vents ; prendre garde qu'elle ne décrût ni n'augmentât au-delà de certaines limites fixées par une expérience millénaire, et renouveler souvent l'écorce.

Naoh n'ignorait aucun des rites transmis par les ancêtres : il ranima légèrement le Feu, il imbiba la surface extérieure d'un peu d'eau puisée dans une flaque, il vérifia la fente et l'état du schiste. Avant de fuir, il s'empara des haches et des sagaies éparses, puis il jeta un dernier regard sur le camp et sur la plaine.

Deux des adversaires tournaient leurs faces roides vers les étoiles ; les deux autres, malgré leurs souffrances, se tenaient immobiles, pour faire croire qu'ils étaient morts. La prudence et la loi des hommes voulaient qu'ils fussent achevés.

Naoh s'approcha de celui qui était blessé à la cuisse, et déjà il dardait sa sagaie : un étrange dégoût lui pénétra le cœur, toute haine se perdait dans la joie, et il ne put se résigner à éteindre de nouveaux souffles.

D'ailleurs, il était plus urgent d'écraser le foyer : il en éparpilla les tisons, à l'aide d'une des massues laissées par les vaincus, il les réduisit en fragments trop menus pour durer jusqu'au retour des guerriers, puis, entravant les blessés dans des roseaux et des branches, il cria :

— Les Kzamms n'ont pas voulu donner un tison au fils du Léopard et les Kzamms n'ont plus de Feu. Ils rôderont dans la nuit et dans le froid, jusqu'à ce qu'ils aient rejoint leur horde !... Ainsi, les Oulhamr sont devenus plus forts que les Kzamms !

Naoh se retrouva seul au pied du tertre où Nam et Gaw devaient le rejoindre. Il ne s'en étonna point : les jeunes guerriers avaient dû faire de vastes détours devant leurs poursuivants...

Après avoir couvert sa plaie de feuilles de saule,

il s'assit près de la flamme légère où étincelait son destin.

Le temps coula avec les eaux du Grand Fleuve et avec les rayons de la lune montante. Lorsque l'astre toucha le zénith, Naoh dressa la tête. Dans les mille rumeurs éparses, il reconnaissait un rythme particulier, qui était celui de l'homme. C'était un pas rapide, mais moins compliqué que celui des bêtes à quatre pattes. Presque imperceptible d'abord, il se précisa, puis, un élan de la brise apportant quelque émanation subite, l'Oulhamr se dit :

« Voici le fils du Peuplier qui a dépisté les ennemis. »

Car aucun indice de poursuite ne se décelait sur la plaine.

Bientôt une silhouette flexible se dessina entre deux sycomores ; Naoh reconnut qu'il ne s'était pas trompé : c'était Nam qui s'avançait dans la nappe argentine du clair de lune. Il ne tarda pas à paraître au pied du tertre.

Et le chef demanda :

— Les Kzamms ont-ils perdu la trace de Nam ?

— Nam les a entraînés très loin dans le nord, puis les a devancés et il a longtemps marché dans la rivière. Ensuite, il s'est arrêté ; il n'a plus vu, ni entendu, ni flairé les Dévoreurs d'Hommes.

— C'est bien ! répondit Naoh en lui passant la main sur la nuque. Nam a été agile et rusé. Mais qu'est devenu Gaw ?

— Le fils du Saïga a été poursuivi par une autre troupe de Kzamms. Nam n'a pas rencontré sa trace.

— Nous attendrons Gaw ! Et maintenant, que Nam regarde.

Naoh entraîna son compagnon. Au tournant du tertre, dans une échancrure, Nam vit étinceler une petite flamme palpitante et chaude.

— Voilà ! fit simplement le chef. Naoh a conquis le Feu.

Le jeune homme poussa un grand cri ; ses yeux s'élargirent de ravissement ; il se prosterna devant le fils du Léopard et murmura :

— Naoh est aussi rusé que toute une horde d'hommes !... Il sera le grand chef des Oulhamr et aucun ennemi ne lui résistera.

Ils s'assirent devant ce faible feu et ce fut comme si le brasier des nuits les protégeait de sa véhémence, au bord des cavernes natales, sous les étoiles froides, devant les flammeroles du grand marécage. L'idée du long retour ne leur était plus pénible : quand ils auraient quitté les terres du Grand Fleuve, les Kzamms ne les poursuivraient point : ils traverseraient des contrées où les bêtes seules rôdent dans les solitudes.

Ils rêvèrent longtemps ; l'avenir était sur eux et pour eux, l'espace rempli de promesses. Mais, quand la lune commença de croître sur le ciel occidental, l'inquiétude se tapit dans leurs poitrines.

— Où reste Gaw ?... murmura le chef. N'a-t-il pas su dépister les Kzamms ? A-t-il été arrêté par un marécage ou pris au piège ?

La plaine était muette ; les bêtes se taisaient ; la brise même venait de s'alanguir sur le fleuve et de s'évanouir dans les trembles ; on n'entendait que la rumeur assourdie des eaux. Fallait-il attendre jusqu'à l'aube ou se mettre à la recherche de l'absent ? Il répugnait étrangement à Naoh de laisser le Feu à la garde de Nam. D'autre part, l'image du jeune guerrier pourchassé par les Dévoreurs d'Hommes le surexcitait. À cause du Feu, il pouvait l'abandonner à son sort, et même il le devait, mais il s'était pris pour ses compagnons d'une tendresse sauvage ; ils participaient véritablement de sa personne ; leurs dangers l'alarmaient autant que les siens, davantage même, car il les savait plus que lui exposés aux embûches, menacés par les éléments et les êtres.

— Naoh va chercher la trace de Gaw ! dit-il enfin. Il laissera le fils du Peuplier veiller sur le Feu. Nam n'aura pas de repos, il mouillera l'écorce lorsqu'elle sera trop chaude : il ne s'éloignera jamais plus longtemps qu'il ne faut pour aller jusqu'au fleuve et en revenir.

— Nam veillera sur le Feu comme sur sa propre vie ! répondit fortement le jeune Nomade.

Il ajouta avec fierté :

— Nam sait entretenir la flamme ! Sa mère le lui a enseigné lorsqu'il était aussi petit qu'un louveteau.

— C'est bien. Si Naoh n'est pas revenu quand le soleil sera à la hauteur des peupliers, Nam se réfugiera auprès des mammouths..., et si Naoh n'est pas revenu avant la fin du jour, Nam fuira seul vers le pays de chasse des Oulhamr.

Il s'éloigna ; toute sa chair vibrait de détresse, et maintes fois il se retourna vers la silhouette déclinante de Nam, vers la petite cage du Feu, dont il se figurait voir encore la faible lumière, alors qu'elle était déjà confondue avec le clair de lune.

6

LA RECHERCHE DE GAW

Pour retrouver la piste de Gaw, il lui fallait retourner d'abord vers le camp des Dévoreurs d'Hommes. Il marchait plus lentement. Son épaule brûlait sous les feuilles de saule qu'il y avait pressées ; sa tête bourdonnait : il sentait une douleur à l'endroit où l'avait atteint la massue et il éprouvait une grande mélancolie à voir que, après la conquête du Feu, sa tâche demeurait aussi rude et aussi incertaine. Il arriva ainsi au tournant de la même fresnaie d'où, avec ses jeunes hommes, il avait aperçu la halte des Kzamms. Alors, un brasier rouge y éteignait la lueur de la lune montante ; maintenant, le camp était morne, les braises, dispersées par Naoh, s'étaient toutes éteintes, l'argenture nocturne se posait sur l'immobilité des hommes et des choses ; on n'entendait que la plainte intermittente d'un blessé.

Naoh, ayant consulté chacun de ses sens, eut la certitude que les poursuivants n'étaient pas revenus. Il marcha vers le camp : les plaintes du blessé cessèrent ; il sembla n'y avoir plus là que des cadavres. D'ailleurs, il ne s'attarda pas ; il marcha dans la direction par où Gaw avait fui tout d'abord, et il retrouva la piste. D'abord facile à suivre, accompagnée qu'elle était par les traces nombreuses des Kzamms, et presque en ligne droite, elle s'infléchissait par la suite, tournait entre des mamelons, revenait sur elle-même, traversait des broussailles. Une mare la coupait brusquement : Naoh ne la ressaisit qu'au tournant de la rive, humide maintenant, comme si Gaw et les autres eussent été trempés dans l'eau.

Devant un bois de sycomores, les Kzamms avaient dû se diviser en plusieurs bandes. Naoh réussit toutefois à démêler la direction favorable et marcha pendant trois ou quatre mille coudées encore. Mais, alors, il dut s'arrêter. De gros nuages engloutissaient la lune, l'aube ne se décelait pas encore.

Le fils du Léopard s'assit au pied d'un sycomore qui croissait depuis dix générations d'hommes. Les fauves avaient fini leur chasse, les animaux diurnes ne bougeaient pas encore, cachés dans la terre, les fourrés, les trous des arbres, ou parmi les ramures.

Naoh se reposa ; quelques gouttes du temps éternel s'écoulèrent à travers la vie fugitive du bois. Puis une blancheur froide commença à se répandre de cime en cime. L'aube d'automne, appesantie et morte, effleurait les feuilles débiles et les nids ruineux, poussant devant elle une petite brise qui semblait le soupir des sycomores. Naoh, debout devant la lumière encore pâle comme la cendre blanche d'un foyer, mangea un morceau de chair séchée, se pencha sur le sol et se remit à suivre la piste. Elle le guida pendant des milliers de coudées. Sortie du bois, elle traversa une plaine de sable où l'herbe était rare et les arbrisseaux rabougris ; elle tourna parmi des terres où les roseaux rouges pourrissaient au bord des mares ; elle monta une colline et s'engagea parmi des mamelons ; elle s'arrêta enfin au bord d'une rivière que Gaw, certainement, avait franchie. Naoh la franchit à son tour et, après de longues démarches, découvrit que deux pistes de Kzamms convergeaient :

Gaw pouvait être cerné !

Alors, le chef pensa qu'il serait bon d'abandonner le fugitif à son sort, afin de ne pas risquer, contre une seule existence, sa vie, celle de Nam et celle du Feu. Mais la poursuite l'exaspérait, quelque fièvre battait entre ses tempes, une espérance s'obstinait malgré tout ; il subissait aussi le simple entraînement de la chose commencée.

Outre les deux partis de Kzamms, dont Naoh venait de reconnaître la ruse, il fallait craindre celui qui avait poursuivi Nam et qui, après tant de tours et de détours, avait eu le temps de prendre une position avantageuse, si même il ne s'était divisé en groupes enveloppants. Confiant dans sa grande vitesse et dans sa ruse, le fils du Léopard suivit sans hésiter la piste même de Gaw, s'arrêtant à peine pour sonder l'étendue.

Le sol devint dur : le granit apparaissait sous un humus pauvre et de couleur bleuâtre ; puis une colline escarpée se présenta, que Naoh se décida à gravir, car les traces étaient maintenant assez récentes pour que, de la cime, on pût espérer surprendre la silhouette de Gaw ou un parti de poursuivants. Le Nomade se glissa parmi la broussaille et parvint tout au haut de la colline. Il poussa une faible exclamation : Gaw venait d'apparaître sur une bande de terre rouge, terre de minium qui semblait arrosée du sang de troupeaux innombrables.

Derrière lui, à mille coudées, les hommes aux grands torses et aux jambes brèves avançaient en ordre éparpillé ; vers le nord, une deuxième troupe débordait. Toutefois, malgré la durée de la poursuite, le fils du Saïga ne semblait pas épuisé ; les Kzamms trahissaient une fatigue pour le moins égale à la sienne. Durant la longue nuit d'automne, Gaw n'avait pris le galop que pour se dérober aux embûches ou pour inquiéter les ennemis. Par malheur, les manœuvres des Kzamms l'avaient égaré ; il se dirigeait à l'aventure, sans plus savoir s'il était au couchant ou au midi du roc où il devait rejoindre le chef.

Naoh put suivre les péripéties de la chasse. Gaw filait vers un bois de pins au nord-est. La première troupe le suivait en formant une ligne brisée qui coupait la retraite sur un front de mille coudées. La deuxième troupe, qui débordait au nord, commençait à s'infléchir, de manière à atteindre le bois en même temps que le fugitif : mais, tandis que celui-ci l'aborderait par le sud-ouest, eux devaient y accéder par le levant. Cette situation n'était point désespérée, ni même très défavorable, pourvu que le fugitif obliquât vers le nord-ouest, dès qu'il se trouverait à couvert. Véloce, il lui serait facile de prendre une avance convenable et, si Naoh le joignait alors, ils pourraient prendre la voie du Grand Fleuve.

D'un coup d'œil bref, le chef reconnut la voie favorable : c'était une étendue broussailleuse, où il serait caché et qui le mènerait à la hauteur du bois, au couchant. Déjà, il se disposait à descendre de la colline, lorsqu'une péripétie nouvelle, de beaucoup plus redoutable, le fit tressaillir : un troisième parti apparaissait, cette fois au nord-ouest ; Gaw ne pouvait plus éviter l'étreinte des Kzamms qu'en fuyant à l'occident à grande vitesse. Il ne semblait pas avoir conscience du péril, il suivait une ligne droite.

Une fois encore, Naoh hésita entre la nécessité de sauvegarder le Feu, Nam et lui-même, et la tentation de secourir Gaw ; une fois encore, il céda à la force mystérieuse qui pousse l'homme et les bêtes à poursuivre l'œuvre commencée. Le fils du Léopard, après un long regard sur le site, dont toutes les particularités se fixèrent sur sa rétine, descendit la colline.

Il s'engagea le long de la broussaille, dont il suivit la limite occidentale. Puis il fit un crochet à travers de hautes herbes bleues et rousses ; et, comme sa vitesse dépassait de beaucoup celle des Kzamms et de Gaw, qui ménageaient leur souffle, il arriva en vue du bois avant que le fugitif ne s'y fût engagé.

Maintenant, il lui fallait faire connaître sa présence. Il imita la bramée de l'élaphe, en la répétant trois fois : c'était un signal familier aux Oulhamr. Mais la distance était trop grande ; Gaw aurait peut-être entendu en temps ordinaire : las, son attention tendue sur les poursuivants, le rappel lui échappa.

Alors, Naoh se décida à paraître : il jaillit des hautes herbes, surgit devant les ennemis et poussa son cri de guerre. Un long hurlement, répété par les partis de Kzamms qui survenaient à l'ouest et à l'est du bois, se répercuta dans l'espace. Gaw s'arrêta, tremblant sur ses jarrets — de joie et d'étonnement — puis, donnant toute sa vitesse, il accourut vers le fils du Léopard. Déjà celui-ci, sûr d'être suivi, fuyait selon la ligne praticable. Mais le troisième parti de Kzamms, averti, avait aussi changé de route et se précipitait pour couper la retraite, tandis que les premiers poursuivants se portaient à grande vitesse dans une direction presque parallèle à celle des fugitifs. Ces manœuvres réussirent : la route de l'ouest se trouva bloquée à la fois par des Kzamms et par une masse rocheuse, presque inaccessible, et il devenait impossible de s'infléchir vers le sud-ouest où des guerriers formaient un demi-cercle.

Comme Naoh menait directement Gaw vers le roc, les Kzamms, resserrant leur étreinte, poussèrent un cri de triomphe ; plusieurs parvinrent à cinquante coudées des Oulhamr et lancèrent des sagaies. Mais Naoh, traversant un rideau de broussailles, entraînait son compagnon à travers un défilé entrevu du haut de la colline.

Les Kzamms hurlaient ; quelques-uns se hissèrent à leur tour jusqu'au défilé ; les autres tournèrent l'obstacle.

Cependant, Naoh et Gaw fuyaient de toute leur vitesse ; ils eussent pris une avance considérable si le terrain n'avait été si rude, si inégal et si mouvant. Quand ils ressortirent à l'autre extrémité de la masse rocheuse, trois Kzamms débouchaient du nord et coupaient la retraite. Naoh eût pu biaiser en se rejetant au midi ; mais il entendait le bruit croissant de la poursuite : il sut que de ce côté aussi sa course allait être arrêtée. Toute hésitation devenait mortelle.

Il s'élança droit sur les survenants, la massue d'une main et la hache de l'autre, tandis que Gaw saisissait son harpon. Craignant de laisser échapper les Oulhamr, les trois Kzamms s'étaient éparpillés. Naoh bondit sur celui qui était vers sa gauche. C'était un guerrier très jeune, leste et flexible, qui leva sa hache pour parer l'attaque. Un coup de massue lui arracha son arme ; un second coup l'abattit.

Les deux autres Dévoreurs d'Hommes s'étaient précipités sur Gaw, comptant le terrasser assez vite pour réunir leurs forces contre Naoh. Le jeune

Oulhamr avait dardé une sagaie et blessé, mais faiblement, un des agresseurs. Avant qu'il eût pu frapper de l'épieu, il était atteint à la poitrine. Un recul rapide, puis un bond transverse, lui permirent de se mettre en garde. Tandis que l'un des Kzamms l'attaquait de face, avec vélocité, l'autre cherchait à le frapper par-derrière : Gaw allait succomber, lorsque Naoh arriva. L'énorme massue s'abattit avec le bruit d'un arbre qui croule ; un Kzamm craqua et s'affaissa ; l'autre battit en retraite, vers un groupe de guerriers qui, débouchant au nord, s'avançait à grande allure.

Il était trop tard. Les Oulhamr échappaient à l'étreinte ; ils fuyaient vers l'ouest, le long d'une ligne où aucun ennemi ne leur barrait le passage ; à chaque bond, ils augmentaient leur avance.

Ils coururent longtemps, tantôt sur la terre sonore, tantôt sur la fange ou parmi les herbes sifflantes, tantôt dans la brousse ou dans les tourbières, tantôt gravissant les côtes et tantôt dévalant éperdument. Bien avant que le soleil fût au milieu du firmament, ils avaient six mille coudées d'avance. Souvent ils espérèrent que l'ennemi cesserait la poursuite, mais, lorsqu'ils atteignaient une cime, ils finissaient toujours par découvrir la meute acharnée des Dévoreurs d'Hommes.

Or Gaw s'affaiblit. Sa blessure n'avait pas cessé de répandre du sang. Quelquefois ce n'était qu'un filet insaisissable : malgré la galopade furieuse, la plaie semblait close ; puis, après quelques efforts plus brusques ou quelques faux pas dans une fondrière, le liquide rouge se mettait à sourdre. De jeunes peupliers s'étaient rencontrés, Naoh avait construit un tampon de feuilles ; mais la blessure continuait à saigner sous le bandage ; peu à peu, la vitesse de Gaw devint égale, puis inférieure à celle des Kzamms. Chaque fois, maintenant, que les fugitifs se retournaient, l'avant-garde des Kzamms avait gagné du terrain. Et le fils du Léopard, avec une rage profonde, songeait que, si Gaw ne reprenait pas quelque force, ils seraient rejoints avant d'avoir pu atteindre le troupeau des mammouths. Mais Gaw ne reprenait pas de force ; une colline se présenta, qu'il gravit avec une peine excessive ; au sommet, les jambes tremblantes, le visage couleur de cendre, le cœur exténué, il chancela. Et Naoh, tourné vers la troupe fauve, qui commençait à gravir la pente, vit combien la distance avait encore décru.

— Si Gaw ne peut plus courir, dit-il d'une voix creuse, les Dévoreurs d'Hommes nous auront rejoints avant que nous n'arrivions en vue du fleuve.

— Les yeux de Gaw sont obscurs, ses oreilles sifflent comme des grillons ! balbutia le jeune guerrier. Que le fils du Léopard continue seul sa course, Gaw mourra pour le Feu et pour le chef.

— Gaw ne mourra pas encore !

Et, se tournant vers les Kzamms, Naoh poussa un furieux cri de guerre, puis, jetant Gaw sur son dos, il reprit sa course. D'abord, son grand courage et sa formidable musculature lui permirent de garder son avance. Sur le sol déclive, il bondissait, emporté par la pesanteur. Flexibles comme des branches de frêne, ses jarrets soutenaient cette chute incessante. Au bas de la colline, son souffle s'accéléra, ses pieds s'alourdirent. Sans sa blessure, qui brûlait sourdement, sans le coup de massue sur la tête, qui faisait encore bruire ses oreilles, il aurait pu, même avec Gaw sur l'épaule, devancer les Dévoreurs d'Hommes aux jambes trapues et lassés par une longue course. Mais il avait dépassé ses forces ; nulle bête sur la steppe ou sous les futaies n'aurait pu mener une tâche aussi longue et aussi harassante... Maintenant, sans relâche, la distance décroissait, qui le séparait des Kzamms. Il entendait leurs pas gratter la terre et y rebondir ; il savait à chaque moment de combien ils se rapprochaient : ils furent à cinq cents coudées, puis à quatre cents, puis à deux cents. Alors, le fils du Léopard déposa Gaw sur la terre et, les yeux hagards, il eut une hésitation suprême.

– Gaw, fils du Saïga, dit-il enfin, Naoh ne peut plus t'emporter devant les Dévoreurs d'Hommes !

Gaw s'était redressé. Il dit :

– Naoh doit abandonner Gaw et sauver le Feu.

Tout engourdi, car, malgré les secousses, il avait dormi sur l'épaule du chef, il se secoua, il étendit les bras, et les Kzamms, parvenus à soixante coudées, levaient leurs sagaies pour commencer la lutte. Naoh, résolu à ne fuir qu'au dernier moment, leur fit face. Les premiers projectiles bourdonnèrent ; lancés de trop loin, la plupart retombaient sans même parvenir jusqu'aux Oulhamr ; un seul, effleurant Gaw à la jambe, lui fit une blessure aussi légère qu'une épine d'églantier. À la riposte, Naoh atteignit le plus proche des Dévoreurs d'Hommes ; ensuite, il transperça le ventre d'un guerrier qui s'avançait à grands bonds. Ce double exploit jeta le trouble parmi les agresseurs d'avant-garde. Ils poussèrent une clameur épouvantable, mais s'arrêtèrent pour attendre du renfort.

Cette pause fut favorable aux Oulhamr. La piqûre semblait avoir réveillé Gaw. D'une main encore faible, il avait saisi un harpon et il le

brandissait, attendant que les ennemis fussent à
bonne portée. Naoh, voyant le geste, demanda :

— Gaw a donc repris de la force ? Qu'il fuie !...
Naoh retardera la poursuite...

Le jeune guerrier hésitait, mais le chef reprit
d'un ton bref :

— Va !

Gaw se mit à fuir, d'un pas qui, d'abord lourd et
hésitant, s'affermissait à mesure. Naoh reculait, lent
et formidable, tenant à chaque main une sagaie, et
les Kzamms hésitaient. Enfin, leur chef ordonna
l'attaque. Les dards sifflèrent, les hommes bondirent.
Naoh arrêta encore deux guerriers dans leur course
et prit du champ.

Et la poursuite recommença sur la terre
innombrable. Gaw parfois retrouvait ses jarrets,
parfois s'alanguissait, les muscles mous, le souffle
rude.

Naoh l'entraînait par la main. L'avantage n'en
restait pas moins aux Kzamms. Ils suivaient d'un trot
soutenu, sans même se hâter, confiants dans leur
endurance. Or Naoh ne pouvait plus emporter son
compagnon. La grande fatigue et la fièvre rendaient
sa blessure pesante ; son crâne s'emplissait de
rumeur ; et, par surcroît, il avait heurté son pied
contre une roche.

— Il faut que Gaw meure ! ne cessait de répéter le
jeune guerrier. Naoh dira qu'il a bien combattu.

Sombre, le chef ne répondait point. Il écoutait le
trot des ennemis. De nouveau, ils furent à deux cents
coudées, puis à cent, tandis que les fugitifs
gravissaient une pente. Alors, le fils du Léopard,

rassemblant ses énergies profondes, maintint la distance jusqu'au haut du mamelon. Et là, jetant un long regard sur l'occident, la poitrine palpitante à la fois de lassitude et d'espérance, il cria :

– Le Grand Fleuve..., les mammouths !

L'eau vaste était là, miroitante parmi les peupliers, les aulnes, les frênes et les vernes ; le troupeau était là aussi, à quatre mille coudées, paissant les racines et les jeunes arbres. Naoh se rua, entraînant Gaw dans un élan qui leur fit gagner plus de cent coudées. C'était le dernier soubresaut ! Ils reperdirent cette faible avance, coudée par coudée.

Les Kzamms poussaient leur cri de guerre...

Quand deux mille coudées séparèrent Naoh et Gaw de la cime du mamelon, les Kzamms étaient presque à portée. Ils gardaient leur pas égal et bref, d'autant plus sûrs d'atteindre les Oulhamr qu'ils les acculeraient au troupeau de mammouths. Ils savaient que ceux-ci, malgré leur indifférence pacifique, ne souffraient aucune présence ; donc, ils refouleraient les fugitifs.

Toutefois les poursuivants ne négligeaient pas de se rapprocher ; on entendait maintenant leur souffle, et il fallait encore parcourir mille coudées !... Alors Naoh poussa une longue plainte et l'on vit un homme émerger d'un bois de platanes ; puis une des énormes bêtes leva sa trompe avec un barrit strident. Elle s'élança, suivie de trois autres, droit vers le fils du Léopard. Les Kzamms, effarés et contents, s'arrêtèrent : il n'y avait plus qu'à attendre le recul des Oulhamr, à les cerner et à les anéantir.

Naoh, cependant, continua de courir pendant une centaine de coudées, puis, tournant vers les Kzamms son visage creux de fatigue et ses yeux étincelants de triomphe, il cria :

— Les Oulhamr ont fait alliance avec les mammouths. Naoh se rit des Dévoreurs d'Hommes.

Tandis qu'il parlait, les mammouths arrivèrent ; à la stupeur infinie des Kzamms, le plus grand mit sa trompe sur l'épaule de l'Oulhamr. Et Naoh poursuivit :

— Naoh a pris le Feu. Il a abattu quatre guerriers dans le campement ; il en a abattu quatre autres pendant la poursuite...

Les Kzamms répondirent par des hurlements de fureur, mais, comme les mammouths avançaient encore, ils reculèrent en hâte, car, pas plus que les Oulhamr, ils n'avaient encore conçu que l'homme pût combattre ces hordes colossales.

7

LA VIE CHEZ LES MAMMOUTHS

Nam avait bien gardé le Feu. Il brûlait clair et pur dans sa cage lorsque Naoh le retrouva. Et quoique son harassement fût extrême, que la blessure mordît sa chair comme un loup, que sa tête bourdonnât de fièvre, le fils du Léopard eut un grand moment de bonheur. Dans sa large poitrine battait toute l'espérance humaine, plus belle de ce que, sans l'ignorer, il ne songeait pas à la mort. La jeunesse palpitait en lui et, pour sa courte prévoyance, c'était l'Éternité. Il vit le marécage au printemps, lorsque les roseaux dardent tous ensemble leurs flèches tendres, lorsque les peupliers, les aulnes et les saules revêtent leur fourrure verte et blanche, lorsque les sarcelles, les hérons, les ramiers, les mésanges s'interpellent, lorsque la pluie tombe si allègre que c'est comme si la vie même tombait sur la terre. Et devant les eaux, et sur les herbes et parmi les arbres, la face de la postérité était la face de Gammla ; toute la joie des hommes était le corps flexible, les bras fins et le ventre rond de la nièce de Faouhm.

Quand Naoh eut rêvé devant le Feu, il cueillit des racines et des plantes tendres, pour en faire hommage au chef des mammouths, car il concevait que l'alliance, pour être durable, devait chaque jour être renouvelée. Alors seulement, Nam prenant la garde, il alla choisir une retraite, au centre du grand troupeau, et s'y étendit.

— Si les mammouths quittent le pâturage, fit Nam, je réveillerai le fils du Léopard.

— Le pâturage est abondant, répondit Naoh ; les mammouths y paîtront jusqu'au soir.

Il tomba dans un sommeil profond comme la mort.

Quand il s'éveilla, le soleil s'inclinait sur la savane. Des nuages couleur de schiste s'amoncelaient et, doucement, ils ensevelissaient le disque jaune, pareil à une vaste fleur de nénuphar. Naoh se sentit les membres brisés aux jointures ; la fièvre courait au travers de son crâne et de son échine ; mais le bourdonnement s'affaiblissait dans ses oreilles et la douleur de son épaule reculait.

Il se leva, regarda d'abord le Feu, puis demanda au veilleur :

— Les Kzamms sont-ils revenus ?

— Ils ne se sont pas éloignés encore... Ils attendent, sur le bord du fleuve, devant l'île aux hauts peupliers...

— C'est bien ! répondit le fils du Léopard. Ils n'auront pas de Feu pendant les nuits humides ; ils perdront courage et retourneront vers leur horde. Que Nam dorme à son tour.

Tandis que Nam s'étendait sur les feuilles et le lichen, Naoh examina Gaw, qui s'agitait dans un rêve. Le jeune homme était faible, la peau ardente ; son souffle passait avec rudesse, mais le sang ne coulait plus de sa poitrine. Le chef, songeant qu'il ne rentrerait pas encore dans les racines de la terre profonde, se pencha sur le Feu, avec un grand désir de le voir croître dans un brasier de branches sèches.

Mais il repoussa ce désir vers les journées suivantes. Car il fallait d'abord obtenir que le chef des mammouths permît aux Oulhamr de passer la nuit dans son camp. Naoh le chercha du regard. Il l'aperçut, solitaire, selon son habitude, pour mieux veiller sur le troupeau et mieux scruter l'étendue. Il paissait des arbrisseaux dont la tête dépassait à peine le sol. Le fils du Léopard cueillit des racines de fougère comestible ; il trouva aussi des fèves de marais ; puis il se dirigea vers le grand mammouth. La bête, à son approche, cessa de ronger les arbrisseaux tendres ; elle agita doucement sa trompe velue ; même, elle fit quelques pas vers Naoh. En lui voyant les mains chargées de nourriture, elle montra du contentement, et elle commençait aussi à éprouver de la tendresse pour l'homme.

Le Nomade tendit la provende qu'il tenait contre sa poitrine et murmura :

— Chef des mammouths, les Kzamms n'ont pas encore quitté le fleuve. Les Oulhamr sont plus forts que les Kzamms, mais ils ne sont que trois, tandis qu'eux sont plus de trois fois deux mains. Ils nous tueront si nous nous éloignons des mammouths !

Le mammouth, rassasié par une journée de pâture, mangeait lentement les racines et les fèves. Quand il eut fini, il regarda le soleil couchant, puis il se coucha sur le sol, tandis que sa trompe s'enroulait à demi autour du torse de l'homme. Naoh en conclut que l'alliance était complète, qu'il pourrait attendre sa guérison et celle de Gaw dans le camp des mammouths, à l'abri des Kzamms, du lion, du tigre et de l'ours gris. Peut-être même lui serait-il accordé d'allumer le Feu dévorant et de goûter la douceur des racines, des châtaignes et des viandes rôties.

Or le soleil s'ensanglanta dans le vaste occident, puis il alluma les nuages magnifiques. Ce fut un soir rouge comme la fleur de basilier, jaune comme une prairie de renoncules, lilas comme les veilleuses sur une rive d'automne, et ses feux fouillaient la profondeur du fleuve : ce fut un des beaux soirs de la terre mortelle. Il ne creusa pas des contrées incommensurables comme les crépuscules d'été ; mais il y eut des lacs, des îles et des cavernes pétris de la lueur des magnolias, des glaïeuls et des églantines, dont l'éclat touchait l'âme sauvage de Naoh. Il se demanda qui donc allumait ces étendues innombrables, quels hommes et quelles bêtes vivaient derrière la montagne du Ciel.

Il y avait trois jours que Naoh, Gaw et Nam vivaient dans le camp des mammouths. Les Kzamms vindicatifs continuaient à rôder au bord du Grand Fleuve, dans l'espoir de capturer et de dévorer les hommes qui avaient déjoué leur ruse, défié leur force et pris leur Feu.

Naoh ne les redoutait pas, son alliance avec les mammouths était devenue parfaite. Chaque matin, sa force était plus sûre. Son crâne ne bourdonnait plus ; la blessure de son épaule, peu profonde, se fermait avec rapidité, toute fièvre avait cessé. Gaw aussi guérissait. Souvent les trois Oulhamr, montés sur un tertre, défiaient les adversaires.

Naoh criait :

— Pourquoi rôdez-vous autour des mammouths et des Oulhamr ? Vous êtes devant les mammouths comme des chacals devant le grand ours. Ni la massue ni la hache d'aucun Kzamm ne peuvent résister à la massue et à la hache de Naoh ! Si vous ne partez pas vers vos terres de chasse, nous vous dresserons des pièges et nous vous tuerons.

Nam et Gaw poussaient leur cri de guerre en brandissant leurs sagaies ; mais les Kzamms rôdaient dans la brousse, parmi les roseaux, sur la savane, ou sous les érables, les sycomores, les frênes et les peupliers. On apercevait brusquement un torse velu, une tête aux grands cheveux ; ou bien des silhouettes confuses se glissaient dans les pénombres. Et, quoiqu'ils fussent sans crainte, les Oulhamr détestaient cette présence mauvaise. Elle les empêchait de s'éloigner pour reconnaître le pays ; elle menaçait l'avenir, car il faudrait bientôt quitter les mammouths pour retourner vers le nord.

Le fils du Léopard songeait aux moyens d'éloigner l'ennemi de sa piste.

Il continuait à rendre hommage au chef des mammouths. Trois fois par jour, il rassemblait pour lui des nourritures tendres, et il passait de grands moments, assis auprès de lui, à tenter de comprendre son langage et de lui faire entendre le sien. Le mammouth écoutait volontiers la parole humaine, il secouait la tête et semblait pensif ; quelquefois une lueur singulière étincelait dans son œil brun ou bien il plissait la paupière comme s'il riait. Alors, Naoh songeait :

« Le grand mammouth comprend Naoh, mais Naoh ne le comprend pas encore. »

Cependant, ils échangeaient des gestes dont le sens n'était pas douteux, et qui se rapportaient à la nourriture. Quand le Nomade criait : « Voici ! » le mammouth approchait tout de suite, même si Naoh était caché : car il savait qu'il y avait des racines, des tiges fraîches ou des fruits.

Peu à peu, ils apprirent à s'appeler, même sans motif. Le mammouth poussait un barrit adouci ; Naoh articulait une ou deux syllabes. Ils étaient contents d'être à côté l'un de l'autre. L'homme s'asseyait sur la terre ; le mammouth rôdait autour de lui, et quelquefois, par jeu, il le soulevait dans sa trompe enroulée, délicatement.

Pour arriver à son but, Naoh avait ordonné à ses guerriers de rendre hommage à deux autres mammouths, qui étaient chefs après le colosse. Comme ils étaient maintenant familiers avec les Nomades, ils avaient donné l'affection qui leur était demandée. Ensuite, Naoh avait appris aux jeunes hommes comment il fallait habituer les géants à leur voix, si bien que, le cinquième jour, les mammouths accouraient au cri de Nam et de Gaw.

Les Oulhamr eurent un grand bonheur. Un soir, avant la fin du crépuscule, Naoh, ayant accumulé des branches et des herbes sèches, osa y mettre le Feu. L'air était frais, assez sec, la brise très lente. Et la flamme avait crû, d'abord noire de fumée, puis pure, grondante et couleur d'aurore.

De toutes parts, les mammouths accoururent. On voyait leurs grosses têtes s'avancer et leurs yeux luire d'inquiétude. Les nerveux barrissaient. Car ils connaissaient le Feu ! Ils l'avaient rencontré sur la savane et dans la forêt, quand la foudre s'était abattue ; il les avait poursuivis, avec des craquements épouvantables ; son haleine leur cuisait la chair, ses dents perçaient leur peau invulnérable ; les vieux se souvenaient de compagnons saisis par cette chose terrible et qui n'étaient plus revenus. Aussi considéraient-ils avec crainte et menace cette flamme autour de laquelle se tenaient les petites bêtes verticales.

Naoh, sentant leur déplaisir, se rendit auprès du grand mammouth et lui dit :

— Le Feu des Oulhamr ne peut pas fuir ; il ne peut pas croître à travers les plantes ; il ne peut pas se jeter sur les mammouths. Naoh l'a emprisonné dans un sol où il ne trouverait aucune nourriture.

Le colosse, emmené à dix pas de la flamme, la contemplait, et, plus curieux que ses semblables, pénétré aussi d'une confiance obscure en voyant ses faibles amis si tranquilles, il se rassura. Comme son agitation ou son calme réglaient, depuis de longues années, l'agitation et le calme du troupeau, tous, peu à peu, ne redoutèrent plus le Feu immobile des Oulhamr comme ils redoutaient le Feu formidable qui galope sur la steppe.

Ainsi, Naoh put nourrir la flamme et refouler les ténèbres. Ce soir-là, il goûta la viande, les racines, les champignons rôtis, et il s'en délecta.

Le sixième jour, la présence des Kzamms devint plus insupportable. Naoh avait maintenant repris toute sa force ; l'inaction lui pesait ; l'étendue l'appelait vers le nord. Ayant vu plusieurs torses velus apparaître parmi des platanes, il fut saisi de colère. Il s'exclama :

— Les Kzamms ne se nourriront pas de la chair de Naoh, de Gaw et de Nam !

Puis il fit venir ses compagnons et leur dit :

— Vous appellerez les mammouths avec lesquels vous avez fait alliance, et, moi, je me ferai suivre du grand chef. Ainsi, nous pourrons combattre les Dévoreurs d'Hommes.

Ayant caché le Feu en lieu sûr, les Oulhamr se

mirent en route. À mesure qu'ils s'éloignaient du camp, ils offraient des aliments aux mammouths, et Naoh, par intervalles, parlait d'une voix douce. Cependant, à une certaine distance, les colosses hésitèrent. Le sentiment de leur responsabilité envers le troupeau s'accroissait à chaque enjambée. Ils s'arrêtaient, ils tournaient la tête vers l'occident. Puis ils cessèrent d'avancer. Et, lorsque Naoh fit entendre le cri d'appel, le chef des mammouths y riposta en appelant à son tour. Le fils du Léopard revint sur ses pas, il passa la main sur la trompe de son allié, disant :

– Les Kzamms sont cachés parmi les arbustes ! Si les mammouths nous aidaient à les combattre, ils n'oseraient plus rôder autour du camp !

Le chef des mammouths demeurait impassible. Il ne cessait de considérer, à l'arrière, le troupeau lointain dont il menait les destinées. Naoh, sachant que les Kzamms étaient cachés à quelques portées de flèche, ne put se résoudre à abandonner l'attaque. Il se glissa, suivi de Nam et de Gaw, à travers les végétaux. Des javelots sifflèrent ; plusieurs Kzamms se dressèrent sur la broussaille pour mieux viser l'ennemi ; et Naoh poussa un long, un strident cri d'appel.

Alors, le chef des mammouths parut comprendre. Il lança dans l'espace le barrit formidable qui rassemblait le troupeau, il fonça, suivi des deux autres mâles, sur les Dévoreurs d'Hommes. Naoh, brandissant sa massue, Nam et Gaw, tenant la hache dans leur main gauche, un dard de la main droite, s'élançaient en clamant belliqueusement. Les Kzamms, épouvantés, se dispersèrent à travers la brousse ; mais la fureur avait saisi les mammouths ; ils chargeaient les fugitifs comme ils auraient chargé des rhinocéros, tandis que, de la rive du Grand Fleuve, on voyait le troupeau accourir par masses fauves. Tout craquait sur le passage des bêtes formidables ; les animaux cachés, loups, chacals, chevreuils, cerfs, élaphes, chevaux, saïgas, sangliers, se levaient à travers l'horizon et fuyaient comme devant la crue d'un fleuve.

Le grand mammouth atteignit le premier un fugitif. Le Kzamm se jeta sur le sol en hurlant de terreur, mais la trompe musculeuse se replia pour le saisir ; elle lança l'homme verticalement, à dix coudées de terre, et, lorsqu'il retomba, une des vastes pattes l'écrasa comme un insecte. Ensuite, un autre Dévoreur d'Hommes expira sous les défenses du deuxième mâle, puis l'on vit un guerrier, tout jeune encore, se tordre, hurlant et sanglotant, dans une étreinte mortelle.

Le troupeau arrivait. Son flux monta sur la broussaille ; un mascaret de muscles engloutit la plaine ; la terre palpita comme une poitrine ; tous les Kzamms qui se trouvaient sur le passage, depuis le Grand Fleuve jusqu'aux tertres et jusqu'au bois de frênes, furent réduits en boue sanglante. Alors seulement la fureur des mammouths s'apaisa. Le chef, arrêté au pied d'un mamelon, donna le signal de la paix : tous s'arrêtèrent, les yeux encore étincelants, les flancs secoués de frissons.

Les Kzamms échappés au désastre fuyaient éperdument vers le midi. Il n'y avait plus à craindre leurs embûches : ils renonçaient pour toujours à traquer les Oulhamr et à les dévorer ; ils portaient à leur horde l'étonnante nouvelle de l'alliance des hommes du nord et des mammouths, dont la légende allait se perpétuer à travers les générations innombrables.

Pendant dix jours, les mammouths descendirent vers les terres basses, en longeant la rive du fleuve. Leur vie était belle. Parfaitement adaptés à leurs pâturages, la force emplissait leurs flancs lourds ; une nourriture abondante s'offrait à tous les détours du fleuve, dans les limons palustres, sur l'humus des plaines, parmi les vieilles futaies vénérables.

Aucune bête ne troublait leur voie. Souverains de l'étendue, maîtres de leurs exodes et de leurs repos, les ancêtres avaient assuré leur victoire, parfait leur instinct, assoupli leurs coutumes sociales, réglé leur marche, leur tactique, leur campement et leur hiérarchie, pourvu à la défense des faibles et à l'entente des puissants. La structure de leur cerveau était délicate, leurs sens pleins de subtilité : ils avaient une vision précise, et non la prunelle vague des chevaux ou des urus, l'odorat fin, le tact sûr, l'ouïe vive.

Énormes mais flexibles, pesants mais agiles, ils exploraient les eaux et la terre, palpaient les obstacles, flairaient, cueillaient, déracinaient, pétrissaient, avec cette trompe aux fines nervures qui s'enroulait comme un serpent, étreignait comme un ours, travaillait comme une main d'homme. Leurs défenses fouissaient le sol ; d'un coup de leurs pieds circulaires, ils écrasaient le lion.

Rien ne limitait la victoire de leur race. Le temps leur appartenait comme l'étendue. Qui aurait pu troubler leur repos ? Qui les empêcherait de se perpétuer par des générations aussi nombreuses que celles dont ils étaient la descendance ?

Ainsi rêvait Naoh, tandis qu'il accompagnait le peuple des colosses. Il écoutait avec bonheur la terre craquer à leur marche, il considérait orgueilleusement leurs longues files pacifiques, échelonnées devant le fleuve ou sous les ramures d'automne ; toutes les bêtes s'écartaient à leur approche et les oiseaux, pour les voir, descendaient du ciel ou s'élevaient parmi les roseaux. Ce furent des jours si doux de sécurité et d'abondance que, sans le souvenir de Gammla, Naoh n'en aurait pas désiré la fin. Car, maintenant qu'il connaissait les mammouths, il les trouvait moins durs, moins incertains, plus équitables que les hommes. Leur chef n'était pas, tel Faouhm, redoutable à ses amis mêmes : il conduisait le troupeau sans menaces et sans perfidie. Il n'y avait pas un mammouth qui eût l'humeur féroce d'Aghoo et de ses frères...

Dès l'aube, lorsque le fleuve grisonnait devant l'orient, les mammouths se levaient sur la terre humide. Le Feu craquait, gorgé de pin ou de sycomore, de peuplier ou de tilleul, et dans la profondeur sylvestre, sur la rive brumeuse, les bêtes savaient que la vie du monde avait reparu.

Elle s'élargissait dans les nuées, elle y inscrivait le symbole de tout ce qu'elle faisait jaillir du néant des ténèbres, où, sans elle, les porphyres, les quartz, les gneiss, les micas, les minerais, les gemmes, les marbres dormiraient, incolores et glacials, de tout ce qu'elle créait de formes et de couleurs en brassant la mer tumultueuse et en la volatilisant dans l'espace, en s'unissant à l'eau pour tisser les plantes et pour pétrir la chair des bêtes.

Quand elle emplissait le ciel lourd d'automne, les mammouths barrissaient en levant leurs trompes et goûtaient cette jeunesse qui est dans le matin et qui fait oublier le soir. Ils se poursuivaient aux sinuosités des havres et jusqu'à la pointe des promontoires ; ils s'assemblaient en groupes, émus du plaisir simple et profond de se sentir les mêmes structures, les mêmes instincts, les mêmes gestes. Puis, sans hâte et sans peine, ils déterraient les racines, arrachaient les tiges fraîches, paissaient l'herbe, croquaient les châtaignes et les glands, dégustaient le mousseron, le bolet, la morille, la chanterelle et la truffe. Ils aimaient descendre tous ensemble à l'abreuvoir. Alors, leur peuple paraissait plus nombreux, leur masse plus impressionnante.

Naoh gravissait quelque tertre ou escaladait une roche pour les voir rouler vers la rive.

Leurs dos se succédaient comme les vagues d'une crue, leurs pieds larges trouaient l'argile, leurs oreilles semblaient des chauves-souris géantes, toujours prêtes à s'envoler ; ils agitaient leurs trompes ainsi que des troncs de cytises couverts d'une mousse boueuse, et les défenses, par centaines, allongeaient leurs épieux lisses, étincelants et courbes.

Le soir revenait. De nouveau, les nuages résumaient la splendeur des choses, la nuit carnivore s'abattait comme un brouillard violâtre et le Feu se mettait à croître. Les Oulhamr lui servaient une nourriture copieuse. Il dévorait goulûment le bois de pin et les herbes sèches, il haletait en rongeant le saule, son haleine devenait âcre en traversant les tiges et les feuilles humides. À mesure qu'il grandissait, son corps devenait plus clair, sa voix plus ronflante ; il séchait la terre froide et repoussait les ténèbres jusqu'à mille coudées. Tandis qu'il ajoutait aux viandes, aux châtaignes et aux racines une saveur pénétrante, le grand mammouth venait le regarder. Il s'y accoutumait, il prenait plaisir à sa caresse et à son éclat, il fixait sur lui des yeux pensifs et considérait les gestes de Naoh, de Nam ou de Gaw, jetant des rameaux, des branches ou des gramens dans ses gueules écarlates. Peut-être entrevoyait-il, vaguement, que la race des mammouths serait plus forte encore si elle pouvait s'en servir.

Un soir, il vint plus près que de coutume, avançant la trompe et flairant les souffles qui s'élevaient de cette bête aux formes changeantes. Il s'arrêta, si immobile qu'il semblait un roc de schiste ; puis, saisissant une grosse branche, il la tint un moment suspendue et la jeta au milieu des flammes. Elle fit jaillir un vol d'étincelles, craqua, siffla, fuma et s'enflamma. Alors, secouant la tête avec un air de contentement, il vint poser sa trompe sur l'épaule de Naoh, qui n'avait pas fait un geste. Saisi de stupeur et d'admiration, il crut que les mammouths savaient entretenir le Feu, comme les hommes, et il se demanda pourquoi ils passaient leurs nuits dans le froid et dans l'humidité.

Depuis ce soir, le grand mammouth se rapprocha encore des Nomades. Il aidait à ramasser la provision de bois, il alimentait le feu avec sagacité et prudence, il rêvait dans la clarté cuivreuse, pourpre ou cramoisie, selon les phases de la flamme. Des notions neuves grossissaient dans son énorme crâne, qui établissaient un lien mental entre lui et les Oulhamr. Il comprenait plusieurs paroles et beaucoup de gestes ; il savait lui-même se faire comprendre : en ce temps, les propos qu'échangeaient les hommes ne dépassaient pas des actions immédiates et très prochaines ; la prévoyance des mammouths et leur connaissance des choses avaient atteint à leur apogée. Ainsi, leur chef réglait quelque temps à l'avance la mise en marche de la peuplade, lorsqu'on entrait dans des territoires suspects ou énigmatiques, il se faisait précéder d'éclaireurs ; son expérience, guidée par une mémoire tenace, nourrie par la réflexion, avait de la variété et de l'envergure. Avec moins de précision que Naoh, il n'en avait pas moins certaines conceptions sur les eaux, les plantes et les bêtes : il entrevoyait la succession des périodes mornes et des périodes fertiles de l'année ; il discernait grossièrement le cours du soleil et ne le confondait pas avec celui de la lune. S'il avait parlé la langue des hommes il n'eut guère paru plus fruste qu'Aghoo et ses frères il aurait même exprimé certaines choses que le vieux Goûn lui-même ne concevait point.

Car si les hommes, depuis des milliers de siècles, accroissaient et affinaient leur entendement par tout ce qu'avaient palpé et transformé leurs mains, les mammouths développaient, à l'aide de leur trompe ingénieuse, maintes notions qui demeuraient étrangères aux hommes. Mais, réduit à quelques intonations et à quelques signes, le langage des colosses ne pouvait traduire tout ce qu'ils savaient ; les plus subtils restaient murés dans une solitude cérébrale ; aucune réflexion multiple ne pouvait se combiner avec une autre, ou se répandre par ce fleuve de la tradition orale qui, chez les hommes, emportait, rassemblait, variait intarissablement l'expérience, l'invention et les images... Néanmoins, la distance n'était pas encore infranchissable. Si la tradition des mammouths se bornait à l'imitation d'actes et de gestes millénaires, à la transmission de ruses et de tactiques, à une éducation simple sur l'usage des objets ou les devoirs envers la communauté et les individus, ils avaient l'avantage d'un instinct social plus ancien que celui des hommes et d'une longévité qui favorisait l'expérience individuelle. Car l'homme n'était pas construit pour vivre autant de saisons qu'un mammouth, et il était beaucoup plus sujet à périr accidentellement : il ne pouvait pas compter sur une protection très efficace ; la haine de ses semblables le menaçait non seulement au-dehors, mais au sein de la horde même. Aussi existait-il moins d'hommes que de mammouths ayant reçu de la vie une leçon à la fois durable et nombreuse. Et Naoh percevait chez son colossal compagnon, dont une longue existence laissait intactes la vigueur, la souplesse et la mémoire, dont l'œil, l'ouïe et l'odorat gardaient leur jeunesse, une intelligence qu'il jugeait supérieure à celle du vieux Goûn, dont les souvenirs étaient vastes, mais dont les jointures devenaient raides, les mouvements lents et indécis, l'ouïe dure et la vue trouble...

Cependant, les mammouths continuaient à descendre le cours du Grand Fleuve et, déjà, leur route s'éloignait de celle qui devait ramener les Oulhamr vers la horde. Car le fleuve, qui d'abord suivait la route du nord, s'infléchissait à l'orient et allait bientôt remonter vers le sud. Naoh s'inquiétait. À moins que le troupeau ne consentît à abandonner le voisinage des rives, il allait falloir le quitter. Et c'était une très douce habitude que de vivre parmi ces compagnons énormes et bénévoles. Après tant de sécurité, les solitudes semblaient plus féroces. Là-bas, sous l'automne pluvieux, dans la forêt des fauves, sur l'immense prairie pourrissante, ce serait jour et nuit l'embûche et le guet, la brutalité de l'élément et la perfidie du félin.

Naoh, un matin, s'arrêta devant le chef des mammouths et lui dit :

– Le fils du Léopard a fait alliance avec la horde des mammouths. Son cœur est content avec eux. Il les suivrait pendant les saisons sans nombre. Mais il doit revoir Gammla au bord du grand marécage. Sa route est au nord et vers l'occident. Pourquoi les mammouths ne quitteraient-ils pas les bords du fleuve ?

Il s'était appuyé contre une des défenses du mammouth ; la bête, pressentant son trouble et la gravité de ses desseins, l'écoutait, immobile. Puis elle balança lentement sa tête pesante, elle se remit en route pour guider le troupeau qui continuait à suivre la rive. Naoh pensa que c'était la réponse du colosse. Il se dit :

« Les mammouths ont besoin des eaux... Les Oulhamr aussi préféreraient aller avec le fleuve... »

La nécessité était devant lui. Il poussa un long soupir et appela ses compagnons. Puis, ayant vu disparaître la fin du troupeau, il monta sur un tertre. Il contemplait, au loin, le chef qui l'avait accueilli et sauvé des Kzamms. Sa poitrine était grosse ; la douleur et la crainte l'habitaient ; et, dirigeant les yeux, au nord-occident, sur la steppe et la brousse d'automne, il sentit sa faiblesse d'homme, son cœur s'éleva, plein de tendresse, vers les mammouths et vers leur force.

Troisième partie

I

Les Nains Rouges

Il y eut de grandes pluies. Naoh, Nam et Gaw s'embourbèrent dans des terres inondées, errèrent sous des ramures pourries, franchirent des cimes et se reposèrent à l'abri de branchages, aux creux des rochers, dans les fissures du sol. C'était le temps des champignons. Tous trois, sachant qu'ils sont perfides et peuvent tuer un homme aussi sûrement que le venin des serpents, ne mangeaient que ceux dont les vieillards leur avaient enseigné la forme et la nuance. Ils les discernaient aussi par l'odeur. Lorsque la chair manquait, ils allaient, selon les lieux et les altitudes, à la découverte des cèpes, des chanterelles, des morilles, des mousserons et des coulemelles. Ils les poursuivaient à l'ombre des futaies humides, parmi les chênes ruisselants, les ormes dévorés de mousses, les sycomores rouillés, sur les plantes visqueuses, dans la léthargie des combes, sous le surplomb des schistes, des gneiss et des porphyres.

Maintenant qu'ils avaient conquis le Feu, ils pouvaient les faire cuire, embrochés à des ramilles ou exposés sur des pierres et même sur l'argile. Ils faisaient aussi rôtir des glands et des racines, parfois des châtaignes, croquaient des faînes et des noyaux, tiraient des sèves douces aux érables.

Le Feu était leur joie et leur peine. Par les ouragans ou les pluies torrentielles, ils le défendaient avec ruse et acharnement. Quelquefois, lorsque l'eau coulait trop épaisse et trop opiniâtre, un abri devenait nécessaire ; s'il n'était offert ni par les rocs, ni par les arbres, ni par le sol, il leur fallait le creuser ou le construire. Ainsi perdaient-ils beaucoup de jours. Ils en perdaient aussi à contourner les obstacles. Pour avoir voulu couper au plus droit, peut-être avaient-ils allongé leur voyage. Ils l'ignoraient, ils marchaient vers le pays des Oulhamr, au fil de l'instinct et en se rapportant au soleil, qui donnait des indications grossières mais incessantes.

Ils parvinrent au bord d'une terre de sable, entrecoupée de granit et de basalte. Elle semblait barrer tout le nord-occident, chenue, misérable et menaçante. Parfois elle produisait un peu d'herbe dure ; quelques pins tiraient des dunes une vie pénible ; les lichens mordaient la pierre et pendillaient en toisons pâles ; un lièvre fiévreux, une antilope rabougrie filaient au flanc des collines ou dans les détroits des mamelons. La pluie devenait plus rare ; des nuages maigres roulaient avec les grues, les oies et les bécasses.

Naoh hésitait à s'engager dans cette contrée lamentable. Le jour tournait à son déclin, une lueur terreuse glissait sur l'étendue, le vent courait, sourd et lugubre.

Tous trois, la face tournée vers les sables et les rocs, sentirent le frisson du désert passer sur leurs nuques. Mais, comme ils avaient de la chair en abondance et que la flamme luisait, claire, dans les cages, ils marchèrent vers leur sort.

Cinq jours s'écoulèrent sans qu'ils vissent la fin des plaines et des dunes nues. Ils avaient faim ; les bêtes fines et véloces échappaient à leurs pièges ; ils avaient soif, car la pluie avait décru encore et le sable buvait l'eau ; plus d'une fois, ils redoutèrent la mort du Feu. Le sixième jour, l'herbe poussa moins rare et moins coriace ; les pins firent place aux sycomores, aux platanes et aux peupliers. Les mares se multiplièrent, puis la terre noircit, le ciel s'abaissa, plein de nuages opaques qui s'ouvraient interminablement. Les Oulhamr passèrent la nuit sous un tremble, après avoir allumé un monceau de bois spongieux et de feuilles, qui gémissait sous l'averse et poussait une haleine suffocante.

Naoh veilla d'abord, puis ce fut au tour de Nam. Le jeune Oulhamr marchait auprès du foyer, attentif à le ranimer à l'aide d'une branche pointue et à sécher des rameaux avant de les lui donner en nourriture. Une lueur pesante traînait à travers les vapeurs et la fumée ; elle s'allongeait sur la glaise, glissait parmi les arbustes et rougissait péniblement les frondaisons. Autour d'elle rampaient les ténèbres. Elles emplissaient tout ; dans le ruissellement des eaux, elles étaient comme un fluide bitumineux et formidable. Nam se penchait pour sécher ses mains et ses bras, puis il tendait l'oreille. Le péril était au fond du gouffre noir : il pouvait déchirer avec la griffe ou la mâchoire, écraser sous les pieds du troupeau, faire couler la mort froide par le serpent, rompre les os avec la hache ou percer la poitrine avec le harpon.

Le guerrier eut un grelottement brusque : ses sens et son instinct se tendirent ; il connut que de la vie rôdait autour du Feu, et il poussa doucement le chef.

Naoh se dressa d'un bloc ; à son tour, il explora la nuit. Il sut que Nam ne s'était point trompé ; des êtres passaient, dont les plantes humides et la fumée dénaturaient l'effluve ; et pourtant, le fils du Léopard conjectura la présence des hommes. Il donna trois rudes coups d'épieu au plus chaud du bûcher : les flammes sautèrent, mêlées d'écarlate et de soufre ; des silhouettes, au loin, se tapirent.

Naoh éveilla le troisième compagnon.

— Les hommes sont venus ! murmura-t-il.

Côte à côte, longtemps, ils cherchèrent à surprendre l'ombre. Rien ne reparut. Aucun bruit étranger ne troublait le clapotement de la pluie ; aucune odeur évocatrice ne se décelait dans les sautes du vent. Où donc était le péril ? Était-ce une horde ou quelques hommes qui hantaient la solitude ? Quelle route suivre pour fuir ou pour combattre ?

— Gardez le Feu ! dit enfin le chef.

Ses compagnons virent son corps décroître, devenir pareil à une vapeur, puis l'inconnu l'absorba. Après un détour, il s'orienta vers les buissons où il avait vu se tapir les hommes. Le Feu le guidait. Quoiqu'il fût lui-même invisible, il pouvait distinguer une rougeur de crépuscule. Il s'arrêtait continuellement, la massue et la hache aux poings ; parfois il mettait sa tête contre la terre ; et il avait soin de s'avancer par des circuits et non en ligne droite. Grâce à la terre molle et à sa prudence, la plus fine oreille de loup n'aurait pu entendre son pas. Il s'arrêta avant d'avoir atteint les buissons. Du temps passa ; il n'entendait et ne percevait que la chute des gouttelettes, le friselis des végétaux, quelque fuite de bête.

Alors, il prit une route oblique, dépassa les buissons et revint sur ses pas : aucune trace ne se révélait.

Il ne s'en étonne point, tout son instinct le lui ayant annoncé, et il s'éloigne dans la direction d'un tertre qu'il a remarqué au crépuscule. Il l'atteint après quelques tâtonnements et le gravit : là-bas, dans un repli, une lueur monte à travers la buée ; Naoh reconnaît un Feu d'hommes. La distance est si grande et l'atmosphère si opaque qu'il discerne à peine quelques silhouettes déformées. Mais il n'a aucun doute sur leur nature : le frisson qui l'a secoué au bord du lac le ressaisit. Et le danger, cette fois, est pire, car les étrangers ont reconnu la présence des Oulhamr avant d'être découverts eux-mêmes.

Naoh retourna vers ses compagnons, très lentement d'abord, plus vite lorsque le Feu fut visible.

— Les hommes sont là ! murmura-t-il.

Il tendait la main vers l'est, sûr de son orientation.

— Il faut ranimer le Feu dans les cages, ajouta-t-il après une pause.

Il confia cette opération à Nam et à Gaw, tandis que lui-même jetait des branchages autour du bûcher, de façon à faire une sorte de barrière ; ceux qui approcheraient pourraient bien discerner la lueur des flammes, mais non s'il y avait des veilleurs. Quand les cages furent prêtes et les provisions réparties, Naoh ordonna le départ.

La pluie devenait plus fine ; il n'y avait plus un souffle. Si les ennemis ne barraient pas la route, ou n'éventaient pas immédiatement la fuite, ils cerneraient le feu qui brûlait dans la solitude et, le croyant défendu, n'attaqueraient qu'après avoir multiplié les ruses. Ainsi Naoh pourrait prendre une avance considérable.

Vers l'aube, la pluie cessa. Une lueur chagrine monta des abîmes, l'aurore rampa misérablement derrière les nuées. Depuis quelque temps, les Oulhamr montaient une pente douce ; quand ils furent au plus haut, ils ne virent d'abord que la savane, la brousse et les forêts, couleur d'ardoise ou d'ocre, avec des îles bleues et des échancrures rousses.

– Les hommes ont perdu notre trace, murmura Nam.

Mais Naoh répondit :

– Les hommes sont à notre poursuite !

En effet, deux silhouettes surgirent à la fourche d'une rivière, vite suivies d'une trentaine d'autres. Malgré la distance, Naoh les jugea de stature étrangement courte ; on ne pouvait encore clairement distinguer la nature de leurs armes. Ils ne voyaient pas les Oulhamr dissimulés parmi les arbres, ils s'arrêtaient, par intervalles, pour vérifier les traces. Leur nombre s'accrut : le fils du Léopard l'évalua à plus de cinquante. D'ailleurs, il ne semblait pas qu'ils eussent la même agilité que les fugitifs.

À moins de revenir en arrière, les Oulhamr devaient traverser des zones presque nues ou semées d'herbes courtes. Le mieux était de marcher sans détour et de compter sur la fatigue de l'ennemi. Comme la pente redescendait, les Nomades firent beaucoup de chemin sans fatigue. Et quand, se retournant, ils virent les poursuivants qui gesticulaient sur la crête, l'avance avait crû.

Peu à peu, le pays se hérissait. Il y eut une plaine de craie, convulsive et boursouflée, puis des landes où abondaient des plantes dures, pleines de pièges, de mares ensevelies, qu'on n'apercevait pas d'abord et qu'il fallait contourner.

Quand on en a évité une, d'autres se présentent, en sorte que les Nomades n'avancent guère. Ils en viennent à bout. Alors se présente une terre rouge qui produit quelques pins appauvris, très hauts et très chétifs ; elle est enveloppée de tourbières. Enfin, ils revoient la savane et Naoh s'en réjouit, lorsque paraît, vers la gauche, une troupe d'hommes dont il reconnaît la structure.

Étaient-ce les mêmes qu'au matin et, accoutumés au territoire, avaient-ils suivi une voie plus courte que les fugitifs ? Ou bien était-ce une autre bande de la même race ? Ils étaient assez proches pour qu'on pût voir avec précision la petitesse de leur taille : le front du plus grand aurait à peine touché la poitrine de Naoh. Ils avaient la tête en bloc, le visage triangulaire, la couleur de la peau comme l'ocre rouge et, quoique grêles, par leurs mouvements et l'éclat des yeux, ils décelaient une race pleine de vie. À la vue des Oulhamr, ils poussèrent une clameur qui ressemblait au croassement des corbeaux, ils brandirent des épieux et des sagaies.

Le fils du Léopard les considérait avec stupeur. Sans le poil des joues, qui poussait en petites touffes, sans l'air de vieillesse de quelques-uns, sans leurs armes, et malgré la largeur des poitrines, il les eût pris pour des enfants.

Il n'imagina pas tout de suite qu'ils osassent risquer le combat. Et lorsque les Oulhamr élevèrent leurs massues et leurs harpons, lorsque la voix de Naoh, qui dominait la leur d'autant que le tonnerre du lion domine la voix des corneilles, retentit sur la plaine, ils s'effacèrent. Mais ils devaient être d'humeur batailleuse ; leurs cris reprirent tous ensemble, pleins de menace. Puis ils se dispersèrent en demi-cercle. Naoh sut qu'ils voulaient le cerner.

Redoutant leur ruse plus que leur force, il donna le signal de la retraite. Les grands Nomades, dans le premier élan, distancèrent sans peine des poursuivants moins rapides encore que les Dévoreurs d'Hommes ; s'il ne se présentait pas d'obstacle, les fugitifs, malgré le fardeau des cages, ne devaient pas être atteints.

Mais Naoh se méfiait des pièges de l'homme et de la terre. Il ordonna à ses guerriers de continuer leur course, puis, déposant le Feu, il se mit à observer les ennemis. Dans leur ardeur, ils s'étaient dispersés. Trois ou quatre des plus agiles devançaient d'assez loin la troupe. Le fils du Léopard ne perdit pas de temps. Il avisa quelques pierres qu'il joignit à ses armes et courut de toute sa vitesse vers les Nains Rouges. Son mouvement les stupéfia ; ils craignirent un stratagème ; l'un d'eux, qui semblait le chef, poussa un cri aigu, ils s'arrêtèrent. Déjà, Naoh arrivait à portée de celui qu'il voulait atteindre ; il cria :

— Naoh, fils du Léopard, ne veut pas de mal aux hommes. Il ne frappera pas s'ils cessent la poursuite !

Tous écoutaient, avec des faces immobiles. Voyant que l'Oulhamr n'avançait plus, ils reprirent leur marche enveloppante. Alors Naoh, faisant tournoyer une pierre :

— Le fils du Léopard frappera les Nains Rouges !

Trois ou quatre sagaies partirent devant la menace du geste : leur portée était très inférieure à celle que le Nomade pouvait atteindre. Il lança la pierre ; elle blessa celui qu'il visait et le fit tomber. Tout de suite, il lança une deuxième pierre, qui manqua le but, puis une troisième, qui sonna sur la poitrine d'un guerrier. Alors il fit un signe dérisoire en montrant une quatrième pierre, puis il darda une sagaie, d'un air terrible.

Or les Nains Rouges comprenaient mieux les signes que les Oulhamr et les Dévoreurs d'Hommes, car ils se servaient moins bien du langage articulé. Ils surent que la sagaie serait plus dangereuse que les pierres ; les plus avancés se replièrent sur la masse ; et le fils du Léopard se retira à pas lents. Ils le suivaient à distance : chaque fois que l'un ou l'autre devançait ses compagnons, Naoh poussait un grondement et brandissait son arme. Ainsi, ils connurent qu'il y avait plus de péril à s'éparpiller qu'à rester ensemble, et Naoh, ayant atteint son but, reprit sa course.

Les Oulhamr s'enfuirent pendant la plus grande partie du jour. Quand ils s'arrêtèrent, depuis longtemps les Nains Rouges n'étaient plus en vue. Les nuages s'étaient rompus, le soleil coulait par une crevasse bleue, tout au fond des landes. La terre, d'abord pleine et dure, était redevenue mauvaise : elle cachait des fanges qui saisissaient les pieds et les attiraient vers l'abîme. De gros reptiles rampaient sur les promontoires ; des serpents d'eau au corps glauque et roux luisaient parmi les fleuves ; les grenouilles bondissaient avec un cri vaseux : des oiseaux disparaissaient, furtifs, sur de longues pattes ou tranchaient l'air d'un vol frémissant comme les feuilles du tremble.

Les guerriers mangèrent en hâte. Craignant les embûches de cette contrée, ils s'efforcèrent de découvrir une issue. Parfois ils croyaient y parvenir. Le sol se raffermissait, des hêtres, des sycomores, des fougères succédaient aux saules, aux peupliers et aux herbes palustres. Bientôt l'eau fiévreuse recommençait, les pièges s'ouvraient sournoisement, il fallait perdre ses pas et ses efforts.

La nuit fut proche. Le soleil prit la couleur du sang frais ; il s'affaissa sur le couchant noyé de tourbes, il s'embourba dans les mares.

Les Oulhamr savaient qu'il ne fallait compter que sur leur courage et leur vigilance ; ils avancèrent encore tant qu'il y eut une lueur au fond du firmament, puis ils firent halte, ayant devant eux une lande et à l'arrière un sol chaotique, où ils entr'apercevaient alternativement des clartés vagues et des trous de ténèbres. Ils arrachèrent des branches, roulèrent quelques grosses pierres, et, liant le tout à l'aide de lianes et d'osiers, ils se trouvèrent à l'abri d'une surprise. Mais ils se gardèrent d'allumer un brasier : ils donnaient seulement la nourriture aux petits feux, à demi cachés dans la terre ; ils attendaient les choses obscures qui tantôt menacent et tantôt sauvent la vie des hommes.

2

I. — ARÊTE GRANITIQUE

La nuit passa. Dans la lueur chancelante des étoiles, ni Nam, ni Gaw, ni le chef ne virent de silhouette humaine, ils n'entendirent et ne flairèrent que les vents humides, les bêtes de marécage, les rapaces aux ailes molles. Quand le matin se répandit comme une vapeur d'argent, la lande montra sa face morne, suivie d'une eau sans limites, entrecoupée d'îles boueuses.

S'ils s'éloignaient des rives, ils retrouveraient sans doute les Nains Rouges. Il fallait suivre les confins de la lande et du marécage, à la recherche d'une issue, et, comme rien n'indiquait la direction préférable, ils prirent celle qui semblait le moins se prêter aux embûches. D'abord, cette route se montra bonne. Le sol, assez résistant, à peine coupé de quelques flaques, produisait des plantes courtes, sauf au rivage même. Vers le milieu du jour, les buissons et les arbustes se multiplièrent ; il fallut continuellement guetter l'horizon rétréci. Toutefois, Naoh ne croyait pas que les Nains Rouges fussent proches. S'ils n'avaient pas abandonné la poursuite, ils suivaient la trace des Oulhamr : leur retard devait être considérable.

La provision de chair était épuisée. Les Nomades se rapprochèrent du rivage, où foisonnait la proie. Ils manquèrent une outarde, qui se réfugia sur une île. Ensuite, Gaw captura une petite brème à l'embouchure d'un ruisseau ; Naoh perça de son harpon un râle d'eau, puis Nam pêcha plusieurs anguilles. Ils allumèrent un feu d'herbe sèche et de rameaux, joyeux de flairer l'odeur des chairs rôties. La vie fut bonne, la force emplit leur jeunesse ; ils croyaient avoir lassé les Nains Rouges et ils achevaient de ronger les os du râle, lorsque des bêtes jaillirent des buissons. Naoh reconnut qu'elles fuyaient un ennemi considérable. Il se leva, il eut le temps de voir une forme furtive, dans un interstice des végétaux.

— Les Nains Rouges sont revenus ! dit-il.

Le péril était plus redoutable que naguère. Car les Nains Rouges pouvaient suivre les Oulhamr à couvert, leur couper la route par des embuscades.

Une bande de territoire s'allongeait, presque nue et favorable à la fuite, entre le marécage et la brousse. Les Oulhamr se hâtèrent de charger les cages, les armes et ce qui leur restait de chair. Rien n'entrava leur départ. Si l'ennemi les suivait par les buissons, il devait perdre du terrain, étant ensemble moins leste et entravé par les végétaux. La lande aride s'élargit d'abord, puis elle commença à se rétrécir parmi des arbres, des arbustes ou des herbes hautes. Pourtant le sol demeurait solide, et Naoh était sûr d'avoir distancé les Nains Rouges : tant qu'aucun obstacle ne se présenterait, il garderait l'avantage.

Les obstacles vinrent. Le marécage avança des tentacules sur la plaine, des havres profonds, des mares, des canaux gorgés de plantes visqueuses. Les fugitifs voyaient leur route obstruée sans relâche : ils devaient tourner, biaiser et même revenir sur leurs pas. À la fin, ils se trouvèrent resserrés sur une bande granitique, que limitaient à droite l'eau immense, à gauche des terrains inondés par les crues d'automne. L'ossature granitique s'abaissa et disparut ; les Oulhamr se trouvaient cernés sur trois faces : il leur fallait ou rebrousser chemin, ou attendre les coups du hasard.

Ce fut un moment formidable. Si les Nains Rouges étaient à l'entrée de la bande, toute retraite devenait impossible. Et Naoh, le front bas devant le monde hostile, regretta amèrement d'avoir quitté les mammouths. Son énergie fléchit, il connut le découragement et la détresse. Puis l'action revint, avec son urgence et sa rudesse ; le regret passa comme un battement de cœur ; il n'y eut que l'heure présente. Elle exigeait la tension de tout l'être et l'éveil continu des sens.

Les Nomades essayèrent rapidement les issues. Au loin, une masse rousse s'élevait, qui pouvait être une île, qui pouvait aussi être la reprise de l'arête. Gaw et Naoh cherchèrent un gué ; ils ne trouvèrent que l'eau profonde ou la trahison des fanges et des vases.

Alors, la dernière chance était dans le retour. Ils le décidèrent brusquement et l'exécutèrent en hâte. Ils parcoururent deux mille coudées et se retrouvèrent hors du marécage, devant une végétation touffue, à peine entrecoupée d'îlots et d'herbe rase ; Nam, qui précédait, s'arrêta net et dit :

– Les Nains Rouges sont là.

Naoh n'en doutait point. Pour mieux s'en assurer il ramassa des pierres et les lança rapidement dans le fourré que Nam désignait : une fuite légère mais certaine décela les ennemis.

La retraite devenait impossible : il fallait se préparer au combat. Or l'endroit où se trouvaient les Oulhamr ne leur offrait point d'avantage et permettrait aux Nains Rouges de les envelopper. Mieux valait s'établir sur une partie de l'arête. Avec la lueur du Feu, ils y seraient à l'abri des surprises.

Naoh, Nam et Gaw poussèrent leur cri de guerre. Et, tandis qu'ils brandissaient leurs armes, Naoh clamait :

– Les Nains Rouges ont tort de poursuivre les Oulhamr, qui sont forts comme l'ours et agiles comme le saïga. Si les Nains Rouges les attaquent, ils mourront en grand nombre ! Naoh seul en abattra dix... Nam et Gaw en tueront aussi. Les Nains Rouges veulent-ils faire mourir quinze de leurs guerriers pour détruire trois Oulhamr ?

De toutes parts, des voix s'élevèrent dans les buissons et parmi les hautes herbes. Le fils du Léopard comprit que les Nains Rouges voulaient la guerre et la mort. Il ne s'en étonnait pas : de tout temps, les Oulhamr n'avaient-ils pas tué les hommes étrangers qu'ils surprenaient près de la horde ? Le vieux Goûn disait : « Il vaut mieux laisser la vie au loup et au léopard qu'à l'homme ; car l'homme que tu n'as pas tué aujourd'hui, il viendra plus tard avec d'autres hommes pour te mettre à mort. » Naoh ne reviendrait pas mettre à mort les Nains Rouges, s'ils lui laissaient la route libre, mais il comprenait bien qu'ils devaient le craindre.

D'ailleurs, il savait aussi que les hommes de deux hordes se haïssent naturellement plus que le rhinocéros ne hait le mammouth. Sa grande poitrine s'emplissait de colère ; il provoqua les ennemis, il s'avança vers les buissons en grondant. De minces sagaies sifflèrent, dont aucune ne vint jusqu'à lui. Et il poussa un rire farouche :

– Les bras des Nains Rouges sont faibles !... Ce sont des bras d'enfants !... À chaque coup, Naoh en abattra un de sa massue ou de sa hache...

Une tête s'aperçut parmi des vignes sauvages. Elle se confondait avec la teinte des feuilles rougies par l'automne. Mais Naoh avait vu briller les yeux. Une fois encore, il voulut montrer sa force sans employer la sagaie : la pierre qu'il lança fit frémir le feuillage, un cri aigu s'éleva.

– Voilà ! C'est la force de Naoh... Avec la sagaie aiguë, il aurait terrassé le Nain Rouge.

Alors seulement, il battit en retraite au milieu des glapissements de l'ennemi. Il préféra aller jusqu'au bout de l'arête : il y avait place pour plusieurs hommes et les Nains Rouges devraient attaquer sur une ligne étroite. Du côté de l'eau, à cause des plantes perfides, aucun radeau ne pourrait se faire jour, aucun homme n'oserait se risquer à la nage.

On ne pouvait davantage atteindre un îlot escarpé, qui se dressait à soixante coudées de la levée granitique.

Ayant accumulé des roseaux flétris pour le feu du soir, les Oulhamr n'eurent plus qu'à attendre. De toutes leurs attentes, ce fut la plus terrible. Lorsqu'ils guettaient l'ours gris, ils espéraient, par quelques coups bien portés, anéantir la bête. Lorsqu'ils étaient emprisonnés parmi les pierres basaltiques, ils n'ignoraient pas que le lion-tigre devait s'éloigner pour chercher la proie. Jamais ils n'avaient été cernés par les Dévoreurs d'Hommes...

À présent, la horde qui les assiège a la ruse et le nombre, il est impossible de l'anéantir. Les jours suivront les jours sans qu'elle cesse de veiller devant le marécage, et, si elle ose faire une attaque, comment trois hommes lui résisteraient-ils ?

Ainsi Naoh se trouve pris par la force de ses semblables ; et pourtant, ces semblables sont parmi les plus faibles : aucun d'entre eux ne saurait étrangler un loup ; jamais leurs sagaies légères ne pénétreraient jusqu'au cœur du lion comme les flèches des Oulhamr ; leurs épieux demeureraient impuissants devant l'aurochs, mais ils peuvent atteindre le cœur d'un homme...

Le fils du Léopard hait la puissance de sa race. Il la sent plus implacable, plus venimeuse, plus destructive que la puissance des félins, des serpents et des loups. Et, se souvenant de la bonté des mammouths, sa poitrine se soulève, un soupir caverneux la déchire, il tourne vers eux cette adoration qui germe au fond de son âme et qui, aussi forte que l'adoration du Feu, est plus tendre et plus douce...

Cependant, le Soleil et l'Eau mêlent leurs vies brillantes. L'Eau est immense, on ne voit pas sa fin, et le Soleil n'est qu'un feu grand comme la feuille du nymphéa. Mais la lumière du Soleil est plus grande que l'Eau même : elle s'étale sur le marécage, elle remplit tout le ciel qui lui-même domine l'étendue de la terre. Dans sa fièvre, Naoh, sans cesser de songer aux Nains Rouges, au combat, aux embuscades et à la délivrance, s'étonne de la lumière si vaste venue d'un feu si petit. Un poids terrible enveloppe ses épaules ; son cœur saute comme une panthère, il l'entend battre contre ses os...

Quelquefois, le Nomade se dresse et lève sa massue ; la guerre le remplit tout entier, ses bras s'impatientent de ne pas frapper ceux qui insultent à sa force. Mais la prudence et la ruse reviennent, sans lesquelles aucun homme ne persisterait une saison : sa mort serait trop belle pour l'ennemi s'il allait la chercher lui-même ; il faut qu'il fatigue les Nains Rouges, qu'il les effraie, qu'il en tue beaucoup. D'ailleurs, il ne veut pas mourir, il veut revoir Gammla. Et, quoiqu'il ne sache pas comment il décevra la horde, sa vie forte garde l'espoir, ne sent pas qu'elle puisse disparaître ; elle s'étend aussi loin que les eaux et que la lumière.

D'abord les Nains Rouges n'avaient point paru, par crainte d'une embûche ou parce qu'ils attendaient une imprudence des Oulhamr. Ils se montrèrent vers le déclin du jour. On les voyait jaillir de leurs retraites et s'avancer jusqu'à l'entrée de l'arête granitique, avec un singulier mélange de glissements et de sauts, puis, arrêtés, ils considéraient le marécage. L'un ou l'autre poussait un cri, mais les chefs gardaient le silence, attentifs. Au crépuscule, les corps rouges grouillèrent ; on eût dit, dans la lueur cendreuse, d'étranges chacals dressés sur leurs pattes de derrière. La nuit vint. Le feu des Oulhamr étendit sur les eaux une clarté sanglante. Derrière les buissons, les feux des assiégeants cuivraient les ténèbres. Des silhouettes de veilleurs se profilaient et disparaissaient. Malgré des simulacres d'attaque, les agresseurs se tinrent hors de portée.

Le jour suivant fut d'une longueur insupportable. Maintenant les Nains Rouges circulaient sans cesse, tantôt par petits groupes, tantôt en masse. Leurs mâchoires élargies exprimaient une opiniâtreté invincible. On sentait qu'ils poursuivraient sans relâche la mort des étrangers ; c'était un instinct développé en eux depuis des centaines de générations, et sans lequel ils eussent succombé devant des races d'hommes plus fortes mais moins solidaires.

Durant la seconde nuit, ils n'esquissèrent aucune attaque : ils gardaient un silence profond et ne se montraient point. Leurs feux mêmes, soit qu'ils ne les eussent pas allumés, soit qu'ils les eussent transportés au loin, demeuraient invisibles. Vers l'aube il y eut une rumeur brusque, et l'on eût dit que des buissons s'avançaient ainsi que des êtres. Quand le jour pointa, Naoh vit qu'un amas de branchages obstruait l'abord de la chaussée granitique : les Nains Rouges poussèrent des clameurs guerrières. Et le Nomade comprit qu'ils allaient avancer cet abri. Ainsi pourraient-ils lancer leurs sagaies sans se découvrir, ou jaillir brusquement, en grand nombre, pour une attaque décisive.

La situation des Oulhamr s'aggravait par elle-même. Leur provision épuisée, ils avaient eu recours aux poissons du marécage. Le lieu n'était pas favorable. Ils capturaient difficilement quelque anguille ou quelque brème ; et, malgré qu'ils y joignissent des batraciens, leurs grands corps et leur jeunesse souffraient de pénurie. Nam et Gaw, à peine adultes et faits pour croître encore, s'épuisaient. Le troisième soir, assis devant le feu, Naoh fut pris d'une immense inquiétude. Il avait fortifié l'abri, mais il savait que, dans peu de jours, si la proie demeurait aussi rare, ses compagnons seraient plus faibles que des Nains Rouges, et lui-même ne lancerait-il pas moins bien la sagaie ? Sa massue s'abattrait-elle aussi meurtrière ?

L'instinct lui conseillait de fuir à la faveur des ténèbres. Mais il fallait surprendre les Nains Rouges et forcer le passage : c'était probablement impossible...

Il jeta un regard vers l'ouest. Le croissant avait pris de l'éclat et ses cornes s'émoussaient ; il descendait à côté d'une grande étoile bleue qui tremblotait dans l'air humide. Les batraciens s'appelaient de leurs voix vieilles et tristes, une chauve-souris vacillait parmi les noctuelles, un grand duc passa sur ses ailes pâles, on voyait luire brusquement les écailles d'un reptile. C'était un de ces soirs familiers à la horde, quand elle campait près des eaux, sous un ciel clair. Les images anciennes remplirent la tête de Naoh, avec un bourdonnement. Une scène se détacha parmi les autres, qui l'amollissait comme un enfant. La horde campait auprès de ses feux ; le vieux Goûn laissait couler ses souvenirs qui enseignaient les hommes ; une odeur de chair rôtie flottait avec la brise, et l'on apercevait, derrière une jungle de roseaux, la longue lueur du marécage dans le clair de lune.

Trois filles se levèrent parmi les femmes. Elles rôdaient autour des feux ; elles dépensaient l'ardeur de leur vie qu'un jour de lassitude n'avait pu assoupir ; elles passèrent devant Naoh, avec leur rire étrange et la folie de leur jeunesse. Le vent se leva brusquement, une chevelure frappa le jeune Oulhamr au visage, la chevelure de Gammla, et, dans l'instinct sourd, ce fut un choc. Si loin de la tribu, parmi les embûches des hommes et la rudesse du monde, cette image était la chose profonde de la vie. Elle courbait Naoh vers la rive, elle faisait jaillir de sa poitrine un souffle rauque... Elle s'effaça. Il secoua la tête, il recommença de songer à son sauvetage. Une fièvre le prit, il se dressa et tourna le Feu ; il marcha dans la direction des Nains Rouges.

Ses dents grincèrent : l'abri de branches s'était encore rapproché ; peut-être, la nuit suivante, l'ennemi pourrait-il commencer l'attaque.

Soudain, un cri aigu perça l'étendue, une forme émergea de l'eau, d'abord confuse ; puis Naoh reconnut un homme. Il se traînait ; du sang coulait d'une de ses cuisses. Il était d'étrange stature, presque sans épaules, la tête très étroite. Il sembla d'abord que les Nains Rouges ne l'eussent pas aperçu, puis une clameur s'éleva, les sagaies et les pieux sifflèrent. Alors, des impressions tremblèrent dans Naoh et le soulevèrent. Il oublia que cet homme devait être un ennemi ; il ne sentit que le déchaînement de sa fureur contre les Nains Rouges et il courut vers le blessé comme il aurait couru vers Nam et Gaw. Une sagaie le frappa à l'épaule sans l'arrêter. Il poussa son cri de guerre, il se précipita sur le blessé, l'enleva d'un seul geste et battit en retraite. Une pierre lui choqua le crâne, une seconde sagaie lui écorcha l'omoplate... Déjà il était hors de portée... et, ce soir-là, les Nains Rouges n'osèrent pas encore risquer la grande lutte.

3

LA NUIT SUR LE MARÉCAGE

Quand le fils du Léopard eut tourné le Feu, il déposa l'homme sur les herbes sèches et le considéra avec surprise et méfiance. C'était un être extraordinairement différent des Oulhamr, des Kzamms et des Nains Rouges. Le crâne, excessivement long et très mince, produisait un poil chétif, très espacé ; les yeux, plus hauts que larges, obscurs, ternes, tristes, semblaient sans regard ; les joues se creusaient sur de faibles mâchoires, dont l'inférieure se dérobait ainsi que la mâchoire des rats ; mais ce qui surprenait surtout le chef, c'était ce corps cylindrique, où l'on ne discernait guère d'épaules, en sorte que les bras semblaient jaillir comme des pattes de crocodile. La peau se montrait sèche et rude, comme couverte d'écailles, et faisait de grands replis. Le fils du Léopard songeait à la fois au serpent et au lézard.

Depuis que Naoh l'avait déposé sur les herbes sèches, l'homme ne bougeait pas. Parfois ses paupières se soulevaient lentement, son œil obscur se dirigeait sur les Nomades. Il respirait avec bruit, d'une manière rauque, qui était peut-être plaintive. Il inspirait à Nam et à Gaw une vive répugnance ; ils l'eussent volontiers jeté à l'eau. Naoh s'intéressait à lui, parce qu'il l'avait sauvé des ennemis et, beaucoup plus curieux que ses compagnons, il se demandait d'où l'autre venait, comment il se trouvait dans le marécage, comment il avait reçu sa blessure, si c'était un homme ou un mélange de l'homme et des bêtes qui rampent. Il essaya de lui parler par gestes, de lui persuader qu'il ne le tuerait point. Puis il lui montra l'abri des Nains Rouges, en faisant signe que c'était d'eux que viendrait la mort.

L'homme, tournant son visage vers le chef, poussa un cri sourd et très guttural. Naoh crut qu'il avait compris.

Le croissant touchait au bout du firmament, la grande étoile bleue avait disparu. L'homme, à demi redressé, appliquait des herbes sur sa blessure ; on voyait parfois une faible scintillation dans son œil opaque.

Lorsque la lune sombra, les étoiles allongèrent leurs scintillations sur les ondes et l'on entendit travailler les Nains Rouges. Ils travaillèrent toute la nuit, les uns chargés de branchages, les autres avançant le retranchement. Plusieurs fois, Naoh se leva pour combattre. Mais il percevait le nombre des ennemis, leur vigilance et leurs embûches ; il comprenait que chaque mouvement des Oulhamr serait dénoncé ; et il se résigna, comptant sur les hasards de la lutte.

Une nouvelle nuit passa. Au matin, les Nains Rouges lancèrent quelques sagaies qui vinrent s'abattre près du retranchement. Ils crièrent leur joie et leur triomphe.

C'était le dernier jour. Au soir, les Nains achèveraient d'avancer leurs abris ; l'attaque se produirait avant le coucher de la lune... Et les Oulhamr scrutaient l'eau verdâtre avec colère et détresse, tandis que la faim rongeait leurs ventres.

Dans la lueur du matin, le blessé semblait plus étrange. Ses yeux étaient pareils à du jade, son long corps cylindrique se tordait aussi facilement qu'un ver, sa main sèche et molle se recourbait bizarrement en arrière...

Soudain, il saisit un harpon et le darda sur une feuille de nénuphar ; l'eau bouillonna, on aperçut une forme cuivrée et l'homme, retirant vivement l'arme, amena une carpe colossale. Nam et Gaw poussèrent un cri de joie : la bête suffirait au repas de plusieurs hommes. Ils ne regrettèrent plus que le chef eût sauvé la vie de cette créature inquiétante.

Ils le regrettèrent moins encore quand il eut capturé d'autres poissons, car il avait un instinct de pêche extraordinaire. L'énergie renaquit dans les poitrines : voyant qu'une fois de plus l'action du chef avait été bienfaisante, Nam et Gaw s'exaltèrent. Parce que la chaleur courait dans leur chair, ils ne crurent plus qu'ils allaient mourir : Naoh saurait tendre un piège aux Nains Rouges, les faire périr en grand nombre et les épouvanter.

Le fils du Léopard ne partageait pas cette espérance. Il ne découvrait aucun moyen d'échapper à la férocité des Nains Rouges. Plus il réfléchissait, mieux se révélait l'inutilité des ruses. À force de les repasser dans son imagination, elles s'usaient en quelque sorte. Il finissait par ne plus compter que sur la rudesse de son bras et sur cette chance en qui les hommes et les animaux, que de grands périls n'ont pu atteindre, mettent leur confiance.

Le soleil était presque au bas du firmament, lorsque l'ouest s'emplit d'une nuée tremblotante, qui se disjoignait continuellement, et où les Oulhamr reconnurent une étrange migration d'oiseaux. Avec un bruit de vent et d'onde, les bandes rauques des corbeaux précédaient les grues aux pattes flottantes, les canards dardant leurs têtes versicolores, les oies aux outres pesantes, les étourneaux lancés comme des cailloux noirs. Pêle-mêle, affluaient des grives, des pies, des mésanges, des sansonnets, des outardes, des hérons, des engoulevents, des pluviers et des bécasses.

Sans doute, là-bas, derrière l'horizon, quelque rude catastrophe les avait épouvantés et chassés vers des terres nouvelles.

Au crépuscule, les bêtes velues suivirent. Les élaphes galopaient éperdument, avec les chevaux vertigineux, les mégacéros ronflants, les saïgas aux pattes fines ; des hordes de loups et de chiens passaient en cyclone ; un grand lion jaune et sa lionne faisaient des bonds de quinze coudées devant un clan de chacals. Beaucoup firent halte auprès du marécage et s'abreuvèrent.

Alors, la guerre éternelle, suspendue par la panique, se ralluma : un léopard bondit sur la croupe d'un cheval et se mit à lui ronger la gorge ; des loups fondirent sur une horde de saïgas ; un aigle emportait un héron dans les nuées ; le lion, avec un long rugissement, épiait les proies fugitives. On vit surgir une bête basse sur pattes, presque aussi massive que le mammouth et dont la peau formait une écorce profonde et ridée comme celle des vieux chênes. Peut-être le lion ne la connaissait-il pas, car il poussa un second rugissement, avec la menace de sa tête formidable, de ses crocs de granit et de sa crinière hérissée. Le rhinocéros, agacé par ce bruit de foudre, leva un mufle cornu, et fonça furieusement sur le félin. Ce ne fut pas même une lutte. Le haut corps roux culbuta, roula sur lui-même, tandis que la masse rugueuse continuait sa course aveugle, ayant vaincu sans presque s'en apercevoir. Une plainte caverneuse, de douleur et de rage, jaillissait des flancs du lion. La stupeur d'avoir senti sa force aussi vaine que celle d'un chacal appesantissait son crâne obscur.

Naoh avait fiévreusement espéré que l'invasion des bêtes chasserait les Nains Rouges. Son attente fut déçue. L'exode ne fit qu'effleurer l'aire où campaient les assiégeants et, lorsque la nuit refoula les cendres du crépuscule, des feux s'allumèrent sur la plaine, des rires féroces s'entendirent. Puis le site redevint silencieux. À peine si quelque courlis inquiet battait des ailes, si des étourneaux bruissaient dans les oseraies ou si la nage d'un saurien agitait les nymphéas. Pourtant, des créatures singulières parurent au ras de l'eau et se dirigèrent vers l'îlot voisin de l'arête granitique. On distinguait leur passage aux remous des eaux et à l'émergence de têtes rondes, couvertes d'algues... Il y en avait cinq ou six ; Naoh et l'Homme-sans-épaules les observaient avec méfiance. Enfin, elles abordèrent dans l'îlot, se mirent sur une saillie rocheuse, puis leurs voix s'élevèrent, sarcastiques et farouches ; Naoh, avec stupeur, reconnut des hommes ; s'il en avait douté, les clameurs qui répondirent au long de la rive auraient dissipé son incertitude... Il sentait avec rage que les Nains Rouges, profitant de l'immigration des bêtes, venaient de vaincre sa vigilance... Mais comment s'étaient-ils frayé un passage ?

Il y rêvait, farouche, lorsqu'il vit l'Homme-sans-épaules tracer de la main, avec persistance, une direction qui partait de la rive et aboutissait à l'îlot. Puis il montrait l'arête granitique. Le fils du Léopard devina qu'il devait y avoir une deuxième arête qui atteignait presque la surface du marécage. Maintenant, l'ennemi était là, sur son flanc, plein de pièges..., et il fallait s'étendre derrière les saillies pour éviter ses pierres et ses sagaies !

Le silence a ressaisi le marécage ; Naoh continue à veiller sous les constellations tremblotantes.

Le buisson des Nains Rouges s'avance lentement : avant la moitié de la nuit, il touchera presque le Feu des Nomades et l'attaque se produira. Elle sera difficile. Les Nains Rouges devront franchir les flammes qui occupent toute la largeur de l'arête et se prolongent pendant plusieurs coudées.

Comme Naoh, tout son instinct tendu, pense à ces choses, une pierre partie de l'îlot roule sur le bûcher. Le Feu siffle, une petite vapeur s'élève, et voilà qu'un deuxième projectile passe et retombe. Le cœur figé, Naoh comprend la tactique de l'ennemi. À l'aide de cailloux, enveloppés d'herbe humide, il va tenter d'éteindre le Feu ou de l'amortir suffisamment, afin de faciliter le passage aux assaillants... Que faire ? Pour qu'on pût atteindre ceux qui occupent l'îlot, non seulement il faudrait qu'ils se découvrissent, mais les Oulhamr eux-mêmes devraient s'exposer à leurs coups.

Tandis que le fils du Léopard et ses compagnons s'agitaient furieusement, les pierres se succédaient, une vapeur continue fusait parmi les flammes, le buisson des Nains Rouges s'avançait sans relâche : les Nomades et l'Homme-sans-épaules frémissaient de la fièvre des bêtes traquées.

Bientôt toute une partie du Feu commença de s'éteindre.

— Nam et Gaw sont-ils prêts ? demanda le chef.

Et, sans attendre leur réponse, il poussa son cri de guerre. C'était une clameur de rage et de détresse, où les jeunes hommes ne retrouvaient pas la rude confiance du chef. Résignés, ils attendaient le signal suprême. Mais une hésitation parut saisir Naoh. Ses yeux palpitèrent, puis un rire strident jaillit de sa poitrine et l'espoir dilata son visage ; il mugit :

– Voilà quatre jours que le bois des Nains Rouges sèche au soleil !

Se jetant sur le sol, il rampa vers le bûcher, saisit un tison et le lança de toutes ses forces contre le buisson. Déjà l'Homme-sans-épaules, Nam et Gaw l'avaient rejoint, et tous quatre jetaient éperdument des brandons.

Surpris de cette manœuvre singulière, l'ennemi avait, au hasard, dardé quelques sagaies. Quand enfin il comprit, les feuilles sèches et les ramilles brûlaient par centaines ; une flamme énorme grondait autour du buisson et commençait à le pénétrer ; pour la seconde fois, Naoh poussait un cri de guerre, un cri de carnage et d'espérance, qui gonflait le cœur de ses compagnons :

– Les Oulhamr ont vaincu les Dévoreurs d'Hommes ! Comment n'abattraient-ils pas les petits chacals rouges ?

Le feu continuait à dévorer le buisson, une longue lueur écarlate s'étendait sur le marécage, attirait les poissons, les sauriens et les insectes ; les oiseaux élevaient parmi les roseaux un grand claquement d'ailes et les loups mêlaient leurs hurlées aux ricanements des hyènes.

Tout à coup, l'Homme-sans-épaules se dressa avec un mugissement, ses yeux plans phosphoraient, son bras tendu montrait l'occident.

Et Naoh, se tournant, aperçut sur les collines lointaines un Feu semblable à la lune naissante.

4

LE COMBAT PARMI LES SAULES

Au matin, les Nains Rouges se montrèrent fréquemment. La haine faisait claquer leurs épaisses mâchoires et briller leurs yeux triangulaires. Ils montraient de loin leurs sagaies et leurs épieux, ils faisaient mine de percer des ennemis, de les abattre, de leur rompre le crâne et de leur ouvrir le ventre. Et, ayant rassemblé un nouveau buisson, qu'ils arrosaient d'eau par intervalles, déjà ils le poussaient vers l'arête granitique.

Le soleil était presque au haut du firmament, lorsque l'Homme-sans-épaules poussa une clameur aiguë. Il se leva, il agita les deux bras. Un cri semblable fendit l'espace et parut bondir sur le marécage. Alors, sur la rive, à grande distance, les Nomades aperçurent un homme exactement pareil à celui qu'ils avaient recueilli. Il se dressait à la corne d'un champ de roseaux, il brandissait une arme inconnue. Les Nains Rouges aussi l'avaient aperçu : tout de suite un détachement se mit à sa poursuite... Déjà l'homme avait disparu derrière les roseaux. Naoh, secoué d'impressions retentissantes, confuses et impétueuses, continuait à scruter l'étendue. Pendant quelque temps, on vit courir les Nains Rouges sur la plaine ; puis l'immobilité et le silence retombèrent. À la longue, deux des poursuivants reparurent, bientôt un autre groupe de Nains Rouges se mit en route : Naoh pressentit une aventure considérable. Le blessé la pressentait aussi, et moins obscurément. Malgré la plaie de sa cuisse, il était debout ; ses yeux opaques s'éclairaient de lueurs dansantes, il poussait par intervalles une rauque exclamation de bête lacustre.

Mystérieux, les événements se multiplièrent. Quatre fois encore, des Nains Rouges longèrent le marécage, et disparurent. Enfin, parmi des saules et des palétuviers, on vit surgir une trentaine d'hommes et de femmes, aux têtes longues, aux torses ronds et singulièrement étroits, pendant que, de trois côtés, se décelaient des Nains Rouges. Un combat avait commencé.

Cernés, les Hommes-sans-épaules lançaient des sagaies, non pas directement, mais à l'aide d'un objet que les Oulhamr n'avaient jamais vu et dont ils n'avaient aucune idée. C'était une baguette épaisse, de bois ou de corne, terminée par un crochet ; et ce propulseur donnait aux sagaies une portée beaucoup plus grande que lorsqu'on les jetait à la main.

Dans ce premier moment, les Nains Rouges eurent le dessous : plusieurs gisaient sur le sol. Mais des secours arrivaient sans cesse. Les visages triangulaires surgissaient de toutes parts, même de l'abri opposé à Naoh et ses compagnons. Une fureur frénétique les agitait. Ils couraient droit à la mêlée, avec de longs hurlements ; toute la prudence qu'ils avaient montrée devant les Oulhamr avait disparu, peut-être parce que les Hommes-sans-épaules leur étaient connus et qu'ils ne craignaient pas le corps à corps, peut-être aussi parce qu'une haine ancienne les surexcitait.

Naoh laissa se dégarnir les retranchements de l'ennemi. Sa résolution était prise depuis le commencement du combat. Il n'avait pas eu à y songer. Le tréfonds de son être le poussait et la rancune, le dégoût d'une longue inaction, l'impression surtout que le triomphe des Nains Rouges serait sa propre perte.

Il n'eut qu'une seule hésitation : fallait-il abandonner le Feu ? Les cages entraveraient le combat ; elles seraient sans doute rompues. D'ailleurs, après la victoire, les feux ne manqueraient point, et la mort suivrait la défaite.

Quand il crut le moment favorable, Naoh donna des ordres brusques et, à toute vitesse, hurlant le cri de guerre, les Oulhamr jaillirent de leur refuge. Quelques sagaies les effleurèrent ; déjà ils franchissaient l'abri des antagonistes. Ce fut rapide et farouche. Il y avait là une douzaine de combattants, serrés les uns contre les autres, dardant leurs épieux. Naoh lança sa sagaie et son harpon, puis bondit en faisant tournoyer la massue. Trois Nains Rouges succombaient à l'instant où Nam et Gaw entraient dans la mêlée. Mais les épieux se détendaient avec vitesse : chacun des Oulhamr reçut une blessure, légère pourtant, car les coups étaient faiblement portés, et de trop loin. Les trois massues ripostèrent ensemble ; et, voyant tomber de nouveaux guerriers, voyant aussi surgir l'homme sauvé par Naoh, les Nains valides s'enfuirent. Naoh en abattit deux encore, les autres réussirent à se glisser parmi les roseaux. Il ne s'attarda pas à les découvrir, impatient de joindre les Hommes-sans-épaules.

Parmi les saules, le corps à corps avait commencé. Seuls quelques guerriers armés du propulseur avaient pu se réfugier dans une mare, d'où ils inquiétaient les Nains Rouges. Mais ceux-ci avaient l'avantage du nombre et de l'acharnement.

Leur victoire semblait certaine : on ne pouvait la leur arracher que par une intervention foudroyante. Nam et Gaw le concevaient aussi bien que le chef et bondissaient à toute vitesse. Quand ils furent proches, douze Nains Rouges, dix Hommes et Femmes-sans-épaules gisaient sur le sol.

La voix de Naoh s'éleva comme celle d'un lion, il tomba d'un bloc au milieu des adversaires. Toute sa chair n'était que fureur. L'énorme massue roula sur les crânes, sur les vertèbres et dans le creux des poitrines. Quoiqu'ils eussent redouté la force du colosse, les Nains Rouges ne l'avaient pas imaginée si formidable. Avant qu'ils se fussent ressaisis, Nam et Gaw se ruaient au combat, pendant que les Hommes-sans-épaules, dégagés, lançaient des sagaies.

Le désordre régna. Une panique arracha quelques Nains Rouges du champ de guerre, mais, sur les cris du chef, tous se rallièrent en une seule masse, hérissée d'épieux. Et il y eut une sorte de trêve.

Un instinct, contraire à celui des Nains, éparpillait les Hommes-sans-épaules. Comme ils maniaient préférablement l'arme de jet, ils trouvaient avantage à se dérober. Ils rôdaient à distance, d'une allure lente et triste.

De nouveau, les sagaies sifflèrent ; ceux qui n'avaient plus de munitions ramassaient des pierres minces et les adaptaient à leurs propulseurs. Naoh, approuvant leur tactique, lança lui-même ses sagaies et son harpon, qu'il avait ramenés de sa première attaque, et, à son tour, se servit de pierres.

Les Nains Rouges conçurent que leur défaite était certaine s'ils ne revenaient au corps à corps. Ils précipitèrent la charge. Elle rencontra le vide. Les

Hommes-sans-épaules avaient reflué sur les flancs, tandis que Naoh, Nam et Gaw, plus lestes, atteignaient des retardataires ou des blessés et les assommaient.

Si les alliés avaient été aussi véloces que les Oulhamr, le contact fût demeuré impossible, mais leurs longues enjambées étaient incertaines et lentes. Dès que les Nains Rouges se décidèrent à les poursuivre individuellement, l'avantage se déplaça. Le souffle du désastre passa : de toutes parts, les épieux s'enfonçaient aux entrailles des Hommes-sans-épaules. Alors, Naoh jeta un long regard sur la mêlée. Il vit celui dont la voix guidait les Nains Rouges, un homme trapu, au poil semé de neige, aux dents énormes. Il fallait l'atteindre ; quinze poitrines l'enveloppaient... Un courage plus fort que la mort souleva la grande stature du Nomade. Avec un grondement d'aurochs, il prit sa course. Tout croulait sous la massue. Mais, près du vieux chef, les épieux se hérissèrent ; ils fermaient la route, ils frappaient aux flancs du colosse. Il réussit à les abattre. D'autres Nains accoururent. Alors, appelant ses compagnons, d'un effort suprême, il renversa la barrière de torses et d'armes, il écrasa comme une noix la tête épaisse du chef...

Au même instant, Nam et Gaw bondissaient à son aide...

Ce fut la panique. Les Nains Rouges connurent qu'une énergie néfaste était sur eux, et, de même qu'ils eussent combattu jusqu'au dernier à la voix du chef, ils se sentirent abandonnés quand cette voix se fut tue. Pêle-mêle, ils fuyaient, sans un regard en arrière, vers les terres natales, vers leurs lacs et leurs rivières, vers les hordes d'où ils tiraient leur courage et où ils allaient le ressaisir.

5

Les hommes qui meurent

Trente hommes et dix femmes gisaient sur la terre. La plupart n'étaient pas morts. Le sang coulait à grandes ondes ; des membres étaient rompus et des crânes crevassés ; des ventres montraient leurs entrailles. Quelques blessés s'éteindraient avant la nuit ; d'autres pouvaient vivre plusieurs journées, beaucoup étaient guérissables. Mais les Nains Rouges devaient subir la loi des hommes. Naoh lui-même, qui avait souvent enfreint cette loi, la reconnut nécessaire avec ces ennemis impitoyables.

Il laissa ses compagnons et les Hommes-sans-épaules percer les cœurs, fendre ou détacher les têtes. Le massacre fut prompt : Nam et Gaw se hâtaient, les autres agissaient selon des méthodes millénaires et presque sans férocité.

Puis il y eut une pause de torpeur et de silence. Les Hommes-sans-épaules pansaient leurs blessés. Ils le faisaient d'une manière plus minutieuse et plus sûre que les Oulhamr. Naoh avait l'impression qu'ils connaissaient plus de choses que ceux de sa tribu, mais que leur vie était chétive. Leurs gestes étaient flexibles et tardifs ; ils se mettaient deux et même trois pour soulever un blessé ; parfois, pris d'une torpeur étrange, ils demeuraient les yeux fixes, les bras suspendus comme des branches mortes.

Peut-être les femmes se montraient-elles moins

lentes. Elles semblaient aussi plus adroites et déployaient plus de ressources. Même, après quelque temps, Naoh s'aperçut que l'une d'entre elles commandait à la tribu. Cependant, elles avaient les mêmes yeux obscurs, le même visage triste que leurs mâles, et leur chevelure était pauvre, plantée par touffes, avec des îlots de peau squameuse. Le fils du Léopard songea aux chevelures abondantes des femmes de sa race, à l'herbe magnifique qui étincelait sur la tête de Gammla... Quelques-unes vinrent, avec deux hommes, considérer les blessures des Oulhamr. Une douceur tranquille émanait de leurs mouvements. Elles nettoyaient le sang avec des feuilles aromatiques, elles couvraient les plaies d'herbes écrasées que maintenaient des liens de jonc. Ce pansement fut le signe définitif de l'alliance. Naoh songea que les Hommes-sans-épaules étaient bien moins rudes que ses frères, que les Dévoreurs d'Hommes et que les Nains Rouges. Et son instinct ne le trompait pas plus qu'il ne le trompait sur leur faiblesse.

Leurs ancêtres avaient taillé la pierre et le bois avant les autres hommes. Pendant des millénaires, les Wah occupèrent des plaines et des forêts nombreuses. Ils furent les plus forts. Leurs armes faisaient des blessures profondes, ils connaissaient les secrets du feu et, dans le choc avec les faibles hordes errantes ou les familles solitaires, ils prenaient facilement l'avantage. Alors, leur structure était puissante, leurs muscles rudes et infatigables ; ils se servaient d'un langage moins imparfait que celui de leurs semblables. Et leurs générations s'accroissaient incomparablement sur la face du monde. Puis, sans qu'ils eussent subi d'autres cataclysmes que les autres hommes, leur croissance s'arrêta. Ils ne s'en étaient pas plus aperçus qu'ils n'avaient dû s'apercevoir de leur déchéance.

Les milieux qui avaient favorisé leur développement le contrarièrent. Leurs corps devinrent plus étroits et plus lents ; leur langage cessa de s'enrichir, puis il s'appauvrit ; leurs ruses se firent plus grossières et moins nombreuses ; ils ne maniaient ni avec la même vigueur ni avec la même adresse leurs armes moins bien construites. Mais le signe le plus sûr de leur décadence fut le ralentissement continu de leur pensée et de leurs gestes. Vite las, ils mangeaient peu et dormaient beaucoup : en hiver, il leur arrivait de s'engourdir comme les ours.

De génération en génération décroissait leur faculté de se reproduire. Les femmes concevaient péniblement un ou deux enfants, dont la croissance était difficile. Un grand nombre d'entre elles demeuraient stériles. Toutefois elles manifestaient une vitalité supérieure à celle des mâles, plus d'endurance aussi, et leurs muscles avaient subi une moindre atteinte. Peu à peu, leurs actes devinrent identiques à ceux des guerriers : elles chassaient, pêchaient, taillaient les armes et les outils, combattaient pour la famille ou la horde. En somme, la différence des sexes s'abolissait presque.

Et la race entière se trouva rejetée lentement vers le sud-ouest par des concurrents plus rudes, plus actifs, plus prolifiques.

Les Nains Rouges en avaient anéanti des hordes nombreuses ; les Dévoreurs d'Hommes les avaient massacrés sans lassitude. Ils rôdaient comme dans un rêve, avec les vestiges d'une industrie plus fine que celle des rivaux, avec les restes d'une intelligence moins sommaire. Ils s'étaient adaptés aux terres où les fleuves débordent, où s'accumulent les tourbières et les marécages, parmi les grands lacs et aussi dans quelques pays souterrains.

Dans les vastes cavernes creusées par les eaux, reliées par des pertuis sinueux, ils retrouvaient admirablement leur route et savaient se creuser des issues. Quoiqu'ils n'eussent aucune idée précise sur leur décadence, ils se connaissaient lents, faibles, vite recrus de fatigue, et rusaient pour éviter la lutte. Ils se terraient avec une habileté qui eût déconcerté le flair des chiens et des loups, à plus forte raison le flair grossier des hommes. Aucune bête n'effaçait mieux ses traces.

Ces êtres timides, sur un seul point, montraient de l'imprudence et de la témérité : ils risquaient tout pour délivrer un des leurs pris, cerné ou tombé au piège. Cette solidarité, comparable à celle des pécaris, et qui jadis avait immensément accru leur puissance, les conduisait parfois à de sinistres aventures. C'est elle qui les avait entraînés au secours de l'homme recueilli par Naoh. Comme les Nains veillaient, comme il avait fallu parcourir des terres arides, les Wah s'étaient laissé découvrir et même surprendre. Sans l'intervention de Naoh, ils eussent succombé dans la lutte ; de même, leur présence avait sauvé les trois Oulhamr.

Cependant, le fils du Léopard, après le pansement, retourna vers l'arête granitique pour reprendre les cages. Il les retrouva intactes ; leurs petits foyers rougeoyaient encore. En les revoyant, la victoire lui parut plus complète et plus douce. Ce n'est pas qu'il craignît l'absence du Feu ; les Hommes-sans-épaules lui en donneraient sûrement. Mais une superstition obscure le guidait ; il tenait à ces petites flammes de la conquête ; l'avenir aurait paru menaçant si elles étaient toutes trois mortes. Il les ramena glorieusement auprès des Wah.

Ils l'observaient avec curiosité et une femme, qui

conduisait la horde, hocha la tête. Le grand Nomade montra, par des gestes, que les siens avaient vu mourir le feu et qu'il avait su le reconquérir. Personne ne paraissant le comprendre, Naoh se demanda s'ils n'étaient pas de ces races misérables qui ne savent pas se chauffer pendant les jours froids, éloigner la nuit ni cuire les aliments. Le vieux Goûn disait qu'il existait de telles hordes, inférieures aux loups, qui dépassent l'homme par la finesse de l'ouïe et la perfection du flair. Naoh, pris de pitié, allait leur montrer comment on fait croître la flamme, lorsqu'il aperçut, parmi des saules, une femme qui frappait l'une contre l'autre deux pierres. Des étincelles jaillissaient, presque continues, puis un petit point rouge dansa le long d'une herbe très fine et très sèche ; d'autres brins flambèrent, que la femme entretenait doucement de son souffle : le feu se mit à dévorer des feuilles et des ramilles.

Le fils du Léopard demeurait immobile. Et il songea, pris d'un grand saisissement :

« Les Hommes-sans-épaules cachent le feu dans des pierres ! »

S'approchant de la femme, il cherchait à l'examiner. Elle eut un geste instinctif de méfiance. Puis, se souvenant que cet homme les avait sauvés, elle lui tendit les pierres. Il les examina avidement et, n'y pouvant découvrir aucune fissure, sa surprise fut plus grande. Alors, il les tâta : elles étaient froides. Il se demandait avec inquiétude :

« Comment le feu est-il entré dans ces pierres... et comment ne les a-t-il pas chauffées ? »

Il rendit les pierres avec cette crainte et cette méfiance que les choses mystérieuses inspirent aux hommes.

6

Par le Pays des Eaux

Les Wah et les Oulhamr traversaient le Pays des Eaux. Elles se répandaient en nappes croupissantes, pleines d'algues, de nymphéas, de nénuphars, de sagittaires, de lysimaques, de lentilles, de joncs et de roseaux ; elles formaient de troublantes et terribles tourbières ; elles se suivaient en lacs, en rivières, en réseaux entrecoupés par la pierre, le sable ou l'argile ; elles jaillissaient du sol ou se plaignaient sur la pente des collines, et quelquefois, bues par les fissures, elles se perdaient au fond de contrées souterraines. Les Wah savaient maintenant que Naoh voulait suivre une route entre le nord et l'occident. Ils lui abrégeaient le voyage, ils voulaient le guider jusqu'à ce qu'il fût au bout des terres humides. Leurs ressources semblaient innombrables. Tantôt ils découvraient des passages qu'aucune autre espèce d'hommes n'aurait soupçonnés ; tantôt ils construisaient des radeaux, jetaient un tronc d'arbre en travers du gouffre, reliaient deux rives à l'aide de lianes. Ils nageaient avec habileté, quoique lentement, pourvu qu'il n'y eût pas certaines herbes dont ils avaient une crainte superstitieuse. Leurs actes semblaient pleins d'incertitude ; souvent ils agissaient comme des créatures qui luttent contre le sommeil ou qui sortent d'un rêve ; et cependant, ils ne se trompaient presque jamais.

Il y avait abondance de vivres. Les Wah connaissaient beaucoup de racines comestibles ; surtout, ils excellaient à surprendre les poissons. Ils savaient les atteindre avec le harpon, les saisir à la main, les enchevêtrer d'herbes souples, les attirer la nuit avec des torches, orienter leurs bancs vers des criques. Par les soirs, quand le feu resplendissait sur un promontoire, dans une île ou sur un rivage, ils goûtaient un bonheur doux et taciturne. Ils aimaient s'asseoir en groupe, serrés les uns contre les autres, comme si leurs individualités affaiblies se retrempaient dans le sentiment de la race, tandis que les Oulhamr s'espaçaient, surtout Naoh, qui, pendant de longs intervalles, se plaisait à la solitude. Souvent les Wah faisaient entendre une mélopée très monotone, qu'ils répétaient à l'infini, et qui célébrait des actes anciens, dont aucun n'avait le souvenir ; elle devait se rapporter à des générations mortes depuis longtemps. Rien de tout cela n'intéressait le fils du Léopard. Il en concevait du malaise et presque de la répugnance. Mais il observait, avec une curiosité véhémente, leurs gestes de chasse, de pêche, d'orientation, de travail, particulièrement la manière dont ils se servaient du propulseur et dont ils tiraient le Feu des pierres.

Il s'initia vite au jeu du propulseur. Comme il inspirait aux alliés une sympathie croissante, ils ne lui cachèrent aucun secret. Il put manier leurs armes et leurs outils, apprendre comment ils les réparaient et, des propulseurs s'étant perdus, il en vit construire d'autres. D'ailleurs, la femme-guide lui en donna un, dont il se servit avec autant d'adresse et beaucoup plus de force que les Hommes-sans-épaules.

Il s'attarda davantage à concevoir le mystère du Feu. C'est qu'il continuait à le craindre. Il regardait de loin jaillir les étincelles ; les questions qu'il se posait demeuraient obscures et pleines de contradictions. Cependant, à chaque fois, il se rassurait davantage. Puis le langage articulé et celui des gestes vinrent à son aide. Car il commençait à mieux comprendre les Wah : il avait appris le sens de dix ou douze mots et celui d'une trentaine de signes particuliers à la race. Il soupçonna d'abord que les Wah n'enfermaient pas le Feu dans les pierres, mais qu'il y était naturellement. Il jaillissait avec le choc et se jetait sur les brins d'herbe sèches : comme il était alors très faible, il ne saisissait pas tout de suite sa proie. Naoh se rassura plus encore quand il vit tirer les étincelles de cailloux qui gisaient sur la terre. Dès qu'il fut certain que le secret se rapportait aux choses plus encore qu'au pouvoir des Wah, ses dernières méfiances se dissipèrent. Il apprit aussi qu'il fallait deux pierres de sorte différente : la pierre de silex et la marcassite. Et, ayant lui-même fait bondir les petites flammes, il essaya d'allumer un foyer. La force et la vitesse de ses mains aidèrent à son inexpérience : il produisait beaucoup de Feu. Mais, pendant bien des haltes, il ne put réussir à faire brûler la plus faible feuille de gramen.

Un jour, la horde s'arrêta avant le crépuscule. C'était à la pointe d'un lac aux eaux vertes, sur une terre sableuse, par un temps extraordinairement sec. On voyait dans le firmament un vol de grues ; des sarcelles fuyaient parmi les roseaux ; au loin rugissait un lion. Les Wah allumèrent deux grands feux ; Naoh, s'étant procuré des brindilles très minces et presque carbonisées, frappait ses pierres l'une contre l'autre. Il travaillait avec une passion violente. Puis des doutes le prirent ; il se dit que les Wah cachaient encore un secret. Près de s'arrêter, il donna quelques coups si terribles qu'une des pierres éclata. Sa poitrine s'enfla, ses bras se raidirent : une lueur persistait sur une des brindilles. Alors, soufflant avec prudence, il fit grandir la flamme : elle dévora sa faible proie, elle saisit les autres herbes... Et Naoh, immobile, tout haletant, les yeux terribles, connut une joie plus forte encore que lorsqu'il avait vaincu la tigresse, pris le feu aux Kzamms, fait alliance avec le grand mammouth et abattu le chef des Nains Rouges. Car il sentait qu'il venait de conquérir sur les choses une puissance que n'avait possédée aucun de ses ancêtres et que personne ne pourrait plus tuer le Feu chez les hommes de sa race.

7

Les Hommes-au-poil-bleu

Les vallées s'abaissèrent encore ; on traversa des pays où l'automne était presque aussi tiède que l'été. Puis il parut une forêt redoutable et profonde. Une muraille de lianes, d'épines, d'arbustes la fermait, où les Wah creusèrent un passage à l'aide de leurs poignards de silex et d'agate. La femme-guide fit connaître à Naoh que les Wah n'accompagneraient plus les Oulhamr lorsque reparaîtrait l'air libre, car, au-delà, ils ignoraient la terre. Ils savaient seulement qu'il y avait une plaine, puis une montagne coupée en deux par un large défilé. La femme-chef croyait que ni la plaine ni la montagne ne contenaient des hommes ; mais la forêt en nourrissait quelques hordes. Elle les dépeignit puissants par la poitrine et par les bras, elle fit comprendre qu'ils n'allumaient pas de feu, ne se servaient pas du langage articulé, ne pratiquaient pas la guerre ni la chasse. Ils étaient terribles lorsqu'on les attaquait, qu'on leur barrait le passage ou qu'ils démêlaient un acte hostile.

Après un matin d'efforts, la forêt devint moins farouche. Les griffes et les dents des plantes décrurent ; des routes tracées par les bêtes s'ouvriront parmi les arbres millénaires ; la pénombre verte s'éclaircit ; mais la multitude des oiseaux continuait à remplir le pays d'arbres, on percevait la présence des fauves, des reptiles, des insectes et une palpitation intarissable, une lutte immense, patiente, sournoise, où la chair des plantes et des bêtes ne cessait de succomber et de croître...

Un jour, la femme-chef montra les sous-bois d'un air énigmatique. Parmi les feuilles d'un figuier, un corps bleuâtre venait d'apparaître et Naoh reconnut un homme. Se souvenant des Nains Rouges, il trembla de haine et d'anxiété. Le corps disparut. Il se fit un grand silence. Les Wah, avertis, arrêtèrent leur marche et se rapprochèrent davantage les uns des autres.

Alors, le plus vieil homme de la horde parla.

Il dit la force des Hommes-au-poil-bleu et leur colère effroyable ; il assura que, par-dessus toutes choses, il ne fallait pas prendre la même route qu'eux ni passer au travers de leur campement ; il ajouta qu'ils détestaient les clameurs et les gestes.

— Les pères de nos pères, conclut-il, ont vécu sans guerre dans leur voisinage. Ils leur cédaient le chemin dans la forêt. Et les Hommes-au-poil-bleu, à leur tour, se détournaient des Wah dans la plaine et sur les eaux.

La femme-chef acquiesça à ce discours et leva son bâton de commandement. La horde, prenant une direction nouvelle, se coula par une futaie de sycomores et finit par déboucher dans une grande clairière : c'était l'œuvre de la foudre, on apercevait encore des cendres de branches et de troncs d'arbres. Les Wah et les Oulhamr y pénétraient à peine, que Naoh discerna de nouveau, vers la droite, un corps bleuâtre pareil à celui qu'il avait aperçu parmi les feuilles du figuier. Successivement, deux autres formes se détachèrent dans la pénombre glauque. Des branches bruirent ; il surgit une créature souple et puissante. Personne n'aurait pu dire si elle était survenue à quatre pattes, comme les bêtes velues et les reptiles, ou à deux pattes, comme les oiseaux et les hommes. Elle semblait accroupie, les membres postérieurs à moitié allongés contre le sol, les membres avant en retrait, posés sur une grosse racine. La face était énorme, avec des mâchoires d'hyène, des yeux ronds, rapides et pleins de feu, le crâne long et bas, le torse profond comme celui d'un lion mais plus large : chacun des quatre membres se terminait par une main. Le poil, sombre, aux reflets fauves et bleus, couvrait tout le corps. C'est à la poitrine et aux épaules que Naoh reconnut un homme, car les quatre mains en faisaient une créature singulière, et la tête rappelait le buffle, l'ours et le chien. Après avoir tourné de toutes parts un regard méfiant et colère, l'Homme-au-poil-bleu se dressa sur ses jambes. Il poussa un grondement caverneux.

Alors, pêle-mêle, des êtres semblables jaillirent du couvert. Il y avait trois mâles, une douzaine de femelles, quelques petits qui se cachaient à demi parmi les racines et les herbes. Un des mâles était colossal : avec ses bras rugueux comme des platanes, sa poitrine deux fois vaste comme celle de Naoh, il pouvait renverser un aurochs et étouffer un tigre. Il ne portait aucune arme, et, parmi ses compagnons, deux ou trois tenaient des branches encore feuillues dont ils grattaient la terre.

Le géant s'avança vers les Wah et les Oulhamr, tandis que les autres grondaient tous ensemble. Il se frappait la poitrine, on voyait la masse blanche de ses dents reluire entre les lourdes lèvres frémissantes.

Les Wah, sur un signe de la femme-chef,

battaient en retraite. Ils le faisaient sans hâte. Obéissant à une tradition ancienne, ils s'abstenaient de tout geste comme de toute parole. Naoh les imita, confiant dans leur expérience. Mais Nam et Gaw, qui précédaient la horde, demeurèrent un instant indécis. Quand ils voulurent imiter le chef, la route était coupée : les Hommes-au-poil-bleu s'étaient éparpillés dans la clairière. Alors, Gaw se jeta dans le sous-bois, tandis que Nam essayait de franchir une zone libre. Il glissait, si léger et si furtif qu'il faillit réussir. Mais, d'un bond, une femelle se dressa devant lui ; il obliqua. Deux mâles accoururent. Comme il les évitait encore, il trébucha. Des bras énormes saisirent Nam. Il se trouva dans les mains du géant.

Il n'avait pas eu le temps de lever ses armes ; une pression irrésistible paralysait ses épaules, il se sentait aussi faible qu'un saïga sous le poids du tigre. Alors, connaissant la distance qui le séparait de Naoh, il demeura engourdi, les muscles immobiles, les prunelles violettes : sa jeunesse défaillait devant la certitude de mourir.

Naoh ne put souffrir de voir tuer son compagnon ; il s'avançait, tenant une sagaie et sa massue, lorsque la femme-chef l'arrêta :

— Ne frappe pas ! dit-elle.

Elle lui fit comprendre qu'au premier coup Nam périrait. Tout frémissant entre l'élan qui le poussait à combattre et la peur de faire broyer le fils du Peuplier, il poussa un soupir rauque et regarda. L'Homme-au-poil-bleu avait soulevé le Nomade : il grinçait des dents, il le balançait, prêt à l'écraser contre un tronc d'arbre... Soudain, son geste s'arrêta. Il regarda le corps inerte, puis le visage. Ne percevant aucune résistance, ses mâchoires farouches se détendirent, une vague douceur passa dans ses yeux fauves ; il déposa Nam sur le sol.

Si le jeune homme avait fait un mouvement de défense ou même d'effroi, la main terrible l'aurait ressaisi. Il en eut l'instinct, il demeura immobile...

La horde entière, mâles, femelles et petits, était venue. Tous reconnaissaient confusément en Nam une structure analogue à la leur. Pour des Nains Rouges ou des Oulhamr, ç'aurait été un motif plus fort de tuerie. Mais leur âme était très obscure ; ils ne connaissaient pas la guerre ; ils ne mangeaient pas de chair et vivaient sans traditions. L'instinct les irritait contre les fauves qui emportent les jeunes ou dévorent les blessés, parfois une rivalité exaspérait les mâles, mais ils ne tuaient pas les bêtes qui se nourrissent d'herbe.

Devant le Nomade, ils demeuraient pleins d'incertitude. Son immobilité les apaisait et la douceur brusque du grand mâle. Car il était celui à qui les autres mâles ne résistaient plus depuis bien des saisons, qui les menait à travers la forêt, choisissant les routes ou les haltes, faisant reculer les lions. Pour n'avoir pas encore mordu ou frappé, tous devenaient moins capables de le faire. Bientôt, l'image du combat s'effaçant dans leurs cerveaux, la vie de Nam fut sauve. Elle ne serait plus menacée que si lui-même faisait le geste d'attaquer ou de se défendre. Il aurait pu maintenant les suivre, sans qu'ils s'en inquiétassent, peut-être vivre à côté d'eux.

Comme il avait senti le souffle de la destruction, ainsi sentit-il que le péril venait de disparaître. Il se redressa sur son séant, avec lenteur, et attendit. Pendant un moment, ils ne cessèrent de l'observer, avec une défiance lointaine. Puis une femelle, tentée par une pousse tendre, ne songea plus qu'à la dévorer ; un mâle se mit à déterrer des racines ; peu à peu tous obéirent au besoin profond de la nourriture : comme ils tiraient toute leur force des plantes et que leur choix était plus restreint que celui des élaphes ou des aurochs, la tâche était longue, minutieuse, continue...

Le jeune Nomade fut libre. Il rejoignit Naoh qui s'était avancé dans la clairière et tous deux regardaient les Hommes-au-poil-bleu disparaître et reparaître. Nam, encore palpitant de l'aventure, aurait voulu les voir mourir. Mais Naoh ne haïssait pas ces hommes étranges ; il admirait leur force comparable à celle des ours, et songeait que, s'ils le voulaient, ils anéantiraient les Wah, les Nains Rouges, les Dévoreurs d'Hommes et les Oulhamr.

8

L'OURS GÉANT EST DANS LE DÉFILÉ

Depuis longtemps, Naoh avait quitté les Wah et traversé la forêt des Hommes-au-poil-bleu. Par l'échancrure des montagnes, il avait gagné les plateaux. L'automne y était plus frais, les nuages roulaient, interminables, le vent hurlait des journées entières, l'herbe et les feuilles fermentaient sur la terre misérable et le froid massacrait les insectes sans nombre, sous les écorces, parmi les tiges branlantes, les racines flétries, les fruits pourris, dans les fentes de la pierre et les fissures do l'argile. Lorsque la nue se déchirait, les étoiles semblaient glacer les ténèbres. La nuit, les loups hurlaient presque sans relâche, les chiens poussaient des clameurs insupportables ; on entendait le cri d'agonie d'un élaphe, d'un saïga ou d'un cheval, le miaulement du tigre ou le rugissement du lion, et les Oulhamr apercevaient des profils flexibles ou des yeux de phosphore, brusquement apparus sur le cercle d'ombre qui enveloppait le Feu.

La vie se faisait plus terrible. Avec l'hiver proche, la chair des plantes devenait rare. Les herbivores la cherchaient désespérément au ras du sol, fouillaient jusqu'à la racine, arrachaient les pousses et les écorces ; les mangeurs de fruits rôdaient parmi les ramures ; les rongeurs consolidaient leurs terriers ; les carnivores guettaient infatigablement dans les viandis, s'embusquaient aux abreuvoirs, exploraient la pénombre des fourrés et se dissimulaient au creux des rocs.

Hors les bêtes qui hibernent ou celles qui accumulent des provisions dans leur retraite, les êtres travaillaient très durement, avec des besoins accrus et des ressources diminuées.

Naoh, Nam et Gaw souffrirent à peine de la faim. Le voyage et l'aventure avaient parfait leur instinct, leur adresse et leur sagacité. Ils devinaient de plus loin la proie ou l'ennemi ; ils pressentaient le vent, la pluie et l'inondation. Chacun de leurs gestes s'adaptait adroitement au but et économisait l'énergie. D'un regard, ils discernaient la ligne de retraite favorable, le gîte sûr, le bon terrain de combat. Ils s'orientaient avec une certitude presque égale à celle des oiseaux migrateurs. Malgré les montagnes, les lacs, les eaux stagnantes, les forêts, les crues qui changent la figure des sites, ils s'étaient chaque jour rapprochés du pays des Oulhamr. Maintenant, avant une demi-lune, ils espéraient rejoindre la horde.

Un jour, ils atteignirent un pays de hautes collines. Sous un ciel bas et jaune, les nues remplissaient l'espace et s'affalaient les unes sur les autres, couleur d'ocre, d'argile ou de feuilles flétries, avec des abîmes blancs, qui décelaient leur immensité. Elles semblaient couver la terre.

Naoh, entre tant de routes, avait choisi un long défilé, qu'il reconnaissait pour l'avoir parcouru à l'âge de Gaw, avec un parti de chasseurs. Tantôt creusé entre des calcaires, tantôt s'ouvrant en ravin, il finissait en un corridor à la pente rapide, où il fallait souvent gravir des pierres éboulées.

Les Nomades le parcoururent sans aventure,

jusqu'aux deux tiers de sa longueur. Vers le milieu du jour, ils s'assirent pour manger. C'était dans un demi-cirque, carrefour de crevasses et de cavernes. On entendait le grondement d'un torrent souterrain et sa chute dans un gouffre ; deux trous d'ombre s'ouvraient dans le roc, où apparaissait la trace de cataclysmes plus anciens que toutes les générations de la bête.

Quand Naoh eut pris sa nourriture, il se dirigea vers l'une des cavernes et la considéra longuement. Il se rappela que Faouhm avait montré à ses guerriers une issue par où l'on trouvait un chemin plus rapide vers la plaine. Mais la pente, semée de pierres trébuchantes, convenait mal à une troupe nombreuse : elle devait être plus praticable à trois hommes légers ; Naoh eut envie de la prendre.

Il alla jusqu'au fond de la caverne, reconnut la fissure et s'y engagea, jusqu'à ce qu'une faible lueur lui annonçât une sortie prochaine. Au retour, il rencontra Nam, qui lui dit :

– L'ours géant est dans le défilé !

Un appel guttural l'interrompit. Naoh, se jetant à l'entrée de la caverne, vit Gaw dissimulé parmi les blocs, dans l'attitude du guerrier qui guette. Et le chef eut un grand frémissement.

Aux issues du cirque apparaissent deux bêtes monstrueuses. Un poil extraordinairement épais, couleur de chêne, les défend contre l'hiver proche, la dureté des rocs et les aiguillons des plantes. L'une d'elles a la masse do l'aurochs, avec des pattes plus courtes, plus musculeuses et plus flexibles, le front renflé, comme une pierre mangée de lichen : sa vaste gueule peut happer la tête d'un homme et l'écraser d'un craquement des mâchoires. C'est le mâle. La femelle a le front plat, la gueule plus courte, l'allure oblique. Et par leurs gestes, par leurs poitrines, ils montrent quelque analogie avec les Hommes-au-poil-bleu.

— Oui, murmure Naoh, ce sont les ours géants.

Ils ne craignent aucune créature. Mais ils ne sont redoutables que dans leur fureur ou poussés par une faim excessive, car ils recherchent peu la chair. Ceux-ci grondent. Le mâle soulève ses mâchoires et balance la tête d'une façon violente.

— Il est blessé, remarque Nam.

Du sang coulait entre les poils. Les Nomades craignirent que la blessure n'eût été faite par une arme humaine. Alors, l'ours chercherait à se venger. Dès qu'il aurait commencé l'attaque, il ne l'abandonnerait plus : nul vivant n'était plus opiniâtre. Avec son épais pelage et sa peau dure, il défiait la sagaie, la hache et la massue. Il pouvait éventrer un homme d'un seul coup de sa patte, l'étouffer d'une étreinte, le broyer à coups de mâchoire.

— Comment sont-ils venus ? demanda Naoh.

— Entre ces arbres..., répondit Gaw, qui montra quelques sapins poussés sur la roche dure. Le mâle est descendu par la droite et la femelle à gauche.

Hasard ou vague tactique, ils avaient réussi à barrer les issues du défilé. Et l'attaque semblait imminente. On le percevait à la voix plus rude du mâle, à l'attitude ramassée et sournoise de la femelle. S'ils hésitaient encore, c'est que leur tête était lente et que leur instinct voulait la certitude : ils flairaient, avec de longs souffles caverneux, pour mieux mesurer la distance des ennemis dissimulés parmi les blocs.

Naoh donna ses ordres brusquement. Quand les ours prirent leur élan, déjà les Oulhamr étaient au fond de la caverne. Le fils du Léopard se fit précéder par les jeunes hommes ; tous trois se hâtèrent autant que le permettaient le sol hérissé et les détours du passage.

En trouvant la caverne vide, les ours géants perdirent du temps à démêler la piste, parmi les traces antérieures des Oulhamr. Pleins de méfiance, ils s'arrêtaient par intervalles. Car, s'ils ne redoutaient la force d'aucun être, ils avaient une grande prudence naturelle et la crainte confuse de l'inconnu. Ils savaient l'incertitude des rocs, de la caverne et des abîmes ; leurs tenaces mémoires gardaient l'image des blocs qui se fendent et s'écroulent, du sol qui se crevasse, du gouffre au fond des ténèbres, de l'avalanche, des eaux qui crèvent la paroi dure. Dans leur vie déjà longue, ni le mammouth, ni le lion, ni le tigre ne les avaient menacés. Mais les énergies obscures se dressaient souvent devant eux : ils portaient les marques aiguës de la pierre, ils avaient presque disparu sous des neiges, ils s'étaient vus emportés par les débâcles du printemps et captifs sous la terre éboulée.

Or, le matin de ce jour, pour la première fois, des vivants les avaient attaqués. C'était du haut d'une roche droite, que seuls les lézards et les insectes pouvaient gravir. Trois êtres verticaux se tenaient sur la crête. À la vue des ours géants, ils poussèrent une clameur et lancèrent des sagaies. L'une d'elles blessa le mâle. Alors, bouleversé par la douleur et désorienté par la rage, il perdit la clarté de l'instinct et tenta d'atteindre directement la cime. Il y renonça vite et, suivi par sa compagne, il chercha le détour accessible.

En route, il arracha la sagaie, il la flaira : des souvenirs montèrent. Il n'avait pas souvent rencontré des hommes : leur aspect ne l'étonnait pas plus que celui des loups ou des hyènes. Comme ils s'écartaient de sa route, qu'il n'avait connu ni leurs ruses ni leurs pièges, il ne s'en inquiétait point. L'aventure en était plus imprévue et plus troublante. Elle dérangeait l'ordre obscur des choses, elle faisait apparaître une menace insolite. Et l'ours des cavernes rôdait à travers les couloirs, tâtait les pentes, aspirait attentivement les senteurs éparses. À la longue, il se fatigua. Sans la blessure, il n'aurait gardé que cette mémoire vague qui dort au fond des chairs et ne se réveille qu'attisée par des circonstances comparables. Mais les sursauts de la douleur faisaient revenir, par intervalles, l'image de trois hommes, debout sur la crête, et de la sagaie aiguë. Alors, il grondait en se léchant... Puis la souffrance même cessa d'être un rappel. L'ours géant ne songeait plus qu'à la pénible recherche de sa nourriture, lorsqu'il flaira de nouveau l'odeur d'homme. La colère remplit sa poitrine. Il avertit sa femelle, qui avait suivi une autre voie, car ils ne pouvaient subsister, surtout en temps froid, sur des surfaces trop voisines. Et, après s'être assurés de la position des ennemis et de la distance, ils avaient précipité l'attaque.

Dans la fissure ténébreuse, Naoh n'eut d'abord l'impression d'aucune autre présence que celle de ses compagnons. Puis le pas lourd des brutes commença de se faire entendre, des souffles puissants haletèrent : les ours gagnaient sur les hommes. Ils avaient l'avantage de l'équilibre, des quatre membres accrochés au sol obscur, de la narine frôlant la piste... À chaque instant, un des Nomades butait contre une pierre, trébuchait dans un creux, heurtait une saillie de la muraille, car il fallait porter les armes, les provisions, et ces cages à feu que Naoh ne pouvait abandonner. Comme les flammes rampaient toutes menues au fond des cavités, elles n'éclairaient point la route : leur faible lueur rougeâtre se perdait vers le haut et indiquait à peine les inflexions de la muraille. En revanche, elle signalait confusément les silhouettes fugitives...

– Vite ! Vite ! cria le chef.

Nam et Gaw ne pouvaient prendre une course franche. Et les bêtes géantes approchaient. À chaque pas, on percevait mieux leur souffle. Comme leur fureur s'accroissait à mesure qu'elles sentaient l'ennemi plus proche, tantôt l'une, tantôt l'autre poussait un grondement. Leurs vastes voix se répercutaient sur les pierres. Naoh en concevait mieux l'énormité des structures, la formidable étreinte, le broiement irrésistible des mâchoires...

Bientôt les ours ne furent plus qu'à quelques pas. Le sol vibrait sous Naoh, un poids immense allait s'abattre sur ses vertèbres...

Il fit face à la mort ; inclinant brusquement la cage, il dirigea la maigre lueur sur une masse oscillante. L'ours s'arrêta net. Toute surprise éveillait sa prudence. Il considéra la petite flamme, il vibra sur ses pattes, avec un appel sourd à sa femelle. Puis, sa fureur l'emportant, il se jeta sur l'homme... Naoh avait reculé et, de toutes ses forces, il lança la cage. L'ours, atteint à la narine, une paupière brûlée, poussa un rugissement douloureux, et, tandis qu'il se tâtait, le Nomade gagnait du terrain.

Une clarté grise filtrait dans les galeries. Les Oulhamr apercevaient maintenant le sol : ils ne trébuchaient plus, ils filaient à grande allure... Mais la poursuite reprenait, les fauves aussi redoublaient de vitesse et, tandis que la lumière s'accroissait, le fils du Léopard songea que, à l'air libre, le danger deviendrait pire.

De nouveau, l'ours géant fut proche. La cuisson de la paupière avivait sa rage, toute prudence l'avait quitté ; la tête gonflée de sang, rien ne pouvait plus arrêter son élan. Naoh le devinait au souffle plus caverneux, à des grondements brefs et rauques.

Il allait se retourner pour combattre, lorsque Nam poussa un cri d'appel. Le chef vit une haute saillie qui rétrécissait le couloir. Nam l'avait déjà dépassée, Gaw la contournait. La gueule de l'ours rauquait à trois pas, lorsque Naoh, à son tour, se glissa par l'hiatus en effaçant les épaules. Emportée par son élan, la bête se buta, et seul le mufle immense passa par l'ouverture. Il béait, il montrait les meules et les scies de ses dents, il poussait une grande clameur sinistre. Mais Naoh n'avait plus de crainte, il était soudain à une distance infranchissable : la pierre, plus puissante que cent mammouths, plus durable que la vie de mille générations, arrêtait l'ours aussi sûrement que la mort. Le Nomade ricana :

— Naoh est maintenant plus fort que le grand ours. Car il a une massue, une hache et des sagaies. Il peut frapper l'ours, et l'ours ne peut lui rendre aucun de ses coups.

Il avait levé sa massue. Déjà, l'ours reconnaissait les pièges du roc, contre lesquels il luttait depuis son enfance. Il retira sa tête avant que l'homme eût frappé, il s'effaça derrière la saillie. Sa colère demeurait, elle soulevait ses côtes et battait à grands coups ses tempes, elle le poussait à des actes impétueux. Pourtant, il ne lui céda pas. Car il était conduit par un instinct sagace, qui n'oubliait pas les circonstances. Depuis le matin, à deux reprises, il avait reconnu que l'homme savait faire souffrir par des coups étranges. Il commençait à accepter le sort, il se faisait en lui un travail chagrin qui, plus tard, devait lui faire ranger l'être vertical parmi les choses dangereuses : il le haïrait avec ténacité, il s'acharnerait à le détruire, mais il ne déploierait pas seulement contre lui la force et la prudence, il le guetterait, il se mettrait à l'affût et recourrait aux surprises.

L'ourse grondait, moins instruite par l'événement, car aucune blessure n'avait accru sa sagesse. Comme le cri du mâle l'invitait à la prudence, elle cessa d'avancer, supposant quelque piège de la pierre ; car elle n'imaginait pas qu'un péril pût naître des créatures débiles cachées au tournant de la paroi.

9

Le roc

Pendant quelque temps, Naoh désire frapper les fauves. La rancune remue dans son cœur. Et, l'œil fouillant la pénombre, il tient prête une sagaie aiguë. Puis, comme l'ours géant demeure invisible et la femelle éloignée, il s'apaise, il songe que le jour avance et qu'il faut atteindre la plaine. Alors, avec ennui, il marche vers la lumière. Elle s'accroît à chaque pas. Le couloir s'élargit et les Nomades poussent un cri devant les grands nuages d'automne qui se roulent au fond du firmament, la côte roide, hérissée, pleine d'obstacles, et la terre sans bornes.

Car toute la contrée leur est familière. Ils ont parcouru depuis leur enfance ces bois, ces savanes, ces collines, franchi ces mares, campé au bord de cette rivière ou sous le surplomb des rocs. Encore deux journées de marche, ils atteindront le grand marécage que les Oulhamr rejoignaient après leurs rôderies de guerre et de chasse, et où l'obscure légende mettait leurs origines.

Nam rit comme un petit enfant, Gaw tend les bras avec un saisissement de joie, et Naoh, immobile, sent revivre une telle abondance de choses qu'il est comme plusieurs êtres.

— Nous allons revoir la horde !

Déjà tous trois en percevaient la présence. Elle était mêlée aux ramures d'automne, elle se reflétait sur les eaux et transformait les nuages. Chaque aspect du site était étrangement différent des sites qui se trouvaient là-bas, à l'arrière, dans l'immense orient méridional. Ils ne se souvenaient plus que des jours heureux. Nam et Gaw, qui avaient si souvent subi la rudesse des aînés, les poings de Faouhm au geste farouche, sentaient une sécurité sans bornes. Ils regardaient avec orgueil les petites flammes qu'ils avaient, parmi tant de luttes, de fatigues et de souffrances, gardées vivantes. Naoh regretta d'avoir dû sacrifier sa cage : une superstition vague traînait au fond de son cerveau. N'apportait-il pas, cependant, les pierres qui contiennent le feu, avec le secret de l'en faire jaillir ? N'importe ! Il aurait aimé, comme ses compagnons, garder un peu de cette vie étincelante qu'il avait conquise sur les Kzamms...

La descente fut rude. L'automne avait multiplié les éboulis et les fissures. Ils s'aidèrent de la hache et du harpon. Quand ils touchèrent à la plaine, le dernier obstacle était franchi ; ils n'avaient plus qu'à suivre des voies simples et bien connues. Pleins de leur espérance, ils fixaient des sens moins attentifs sur les événements innombrables qui enveloppent et guettent les vivants.

Ils marchèrent jusqu'au crépuscule : Naoh cherchait une courbe de la rivière où il voulait établir le campement. Le jour mourut lourdement au fond des nuages. Une lueur rouge traîna, sinistre et morose, accompagnée du hurlement des loups et de la plainte longue des chiens : ils filaient par bandes furtives, guettaient à l'orée des buissons et des bois. Leur nombre étonnait les Nomades. Sans doute quelque exode des herbivores les avait chassés des terres prochaines et rassemblés sur ce sol riche en proies. Ils avaient dû l'épuiser. Leurs clameurs annonçaient la pénurie, leurs allures une activité fiévreuse. Naoh, sachant qu'il faut les craindre lorsqu'ils sont en grand nombre, hâtait la course. À la longue, deux hordes s'étaient formées. Vers la droite, c'étaient les chiens ; vers la gauche, les loups. Comme ils suivaient la même piste, ils s'arrêtaient quelquefois pour se menacer. Les loups étaient plus grands, avec des nuques renflées et musculeuses, les chiens avaient pour eux le nombre. À mesure que les ténèbres mangeaient le crépuscule, les yeux jetaient plus de clarté : Nam, Gaw et Naoh apercevaient une multitude de petits feux verts qui se déplaçaient comme des lucioles. Souvent, les Nomades ripostaient aux hurlées par un long cri de guerre, et l'on voyait refluer toutes ces phosphorescences.

D'abord, les bêtes se tinrent à plusieurs portées de harpon ; avec la croissance des ténèbres, elles se rapprochèrent ; on entendait plus distinctement le bruit mou de leurs pattes. Les chiens parurent les plus hardis. Quelques-uns avaient devancé les hommes. Ils s'arrêtaient brusquement, ils bondissaient avec un cri aigu ou bien rampaient d'une manière sournoise. Mais les loups, inquiets de se voir devancés, arrivaient tous ensemble, avec leurs voix déchirantes. Il faillit y avoir bataille. Les chiens, serrés les uns contre les autres, conscients de la puissance du nombre, exaltés par le sentiment de leur avance, tenaient soudain tête. Une impatience furieuse tordait les entrailles des loups. Et, dans la dernière cendre crépusculaire, les deux hordes oscillaient, vagues de chairs palpitantes et long déferlement de clameurs.

Il n'y eut pas de mêlée. Quelques individus moins grégaires ayant continué la chasse, leur exemple prévalut. Parallèles, la file des chiens et celle des loups se menaçaient dans le soir de famine. L'opiniâtre poursuite, à la longue, inquiétait les hommes. Devant l'occident presque noir, parmi tant de corps sournois, ils sentaient la mort.

Un groupe de chiens devança Gaw, qui marchait vers la gauche, et l'un d'eux, qui avait la taille d'un loup, s'arrêta, montra ses dents étincelantes et bondit. Le jeune homme, nerveusement, lança son harpon. Celui-ci s'enfonça dans le flanc de la bête, qui se mit à tournoyer, avec un long hurlement ; Gaw l'acheva d'un coup de massue.

Au cri d'agonie, les chiens affluèrent : une solidarité plus forte que celle des loups les unissait, et, lorsqu'un d'entre eux était en danger, il leur arrivait de braver les grands carnivores. Naoh craignit l'attaque de toute la bande. Il rappela Nam et Gaw, afin d'intimider les bêtes. Serrés l'un à l'autre, les Nomades faisaient masse ; les chiens, étonnés, déferlèrent autour. Qu'un seul osât se précipiter, tous le suivraient et les os des hommes blanchiraient dans la plaine...

Brusquement, Naoh darda une sagaie : un chien s'abattit, la poitrine trouée. Le chef, l'ayant saisi par les pattes arrière, le jeta dans un groupe de loups qui rabattait à droite. Le blessé y disparut, et l'odeur du sang, la proie facile exaspérant leur faim, les fauves se mirent à dévorer cette chair vivante. Alors, les chiens oublièrent les hommes et tous se ruèrent sur les loups.

Tandis que la mêlée s'engageait, les Nomades avaient pris le galop. Une buée annonçait la rivière prochaine, et Naoh, par intervalles, discernait un miroitement. Deux ou trois fois, il s'arrêta pour s'orienter. À la fin, montrant une masse grisâtre qui dominait la rive, il dit :

– Naoh, Nam et Gaw se riront des chiens et des loups.

C'était un grand rocher qui formait presque un cube et s'élevait à cinq fois la hauteur d'un homme. Il n'était accessible que d'un seul côté. Naoh le gravit rapidement, car il le connaissait depuis des saisons nombreuses. Quand Nam et Gaw l'eurent suivi, ils se trouvèrent sur une surface plate, plantée de broussailles et même d'un sapin, où trente hommes pouvaient camper à l'aise.

Là-bas, vers la plaine cendreuse, les loups et les chiens combattaient éperdument. Des rumeurs féroces, de longues plaintes vrillaient l'air humide ; les Nomades goûtaient la sécurité.

Le bois gémit, le Feu darda ses langues rouges et ses fumées fauves, une large lueur s'épandit sur les eaux. Du roc solitaire se détachaient deux segments de rive nue ; les roseaux, les saules et les peupliers ne poussaient qu'à distance ; en sorte qu'on distinguait toutes choses à vingt portées de harpon...

Cependant, des bêtes fuient la clarté et se cachent, ou accourent, fascinées. Deux chouettes s'élèvent sur un tremble, avec un cri funèbre, une nuée d'oreillardes tourbillonne, un vol éperdu d'étourneaux file à l'autre rive, des canards troublés abandonnent le couvert et se hâtent vers l'ombre, de longs poissons surgissent de l'abîme, vapeurs argentées, flèches de nacre, hélices cuivreuses. Et la lueur rousse montre encore un sanglier trapu, qui s'arrête et qui grogne, un grand élaphe, l'échine tremblotante, ses ramures rejetées en arrière, la tête sournoise d'un lynx, aux oreilles triangulaires, aux yeux cuivrés et féroces, apparue entre deux branches de frêne.

Les hommes connaissent leur force. Ils mangent en silence la chair rôtie, joyeux de vivre dans la chaleur du Feu. La horde est proche ! Avant le deuxième soir, ils reconnaîtront les eaux du grand marécage. Nam et Gaw seront accueillis comme des guerriers : les Oulhamr connaîtront leur courage, leur ruse, leur longue patience, et les redouteront. Naoh aura Gammla en partage et commandera après Faouhm... Leur sang bout d'espérance, et, si leur pensée est courte, l'instinct est prodigieux, plein d'images profondes et précises. Ils ont la jeunesse d'un monde qui ne reviendra plus. Tout est vaste, tout est neuf... Eux-mêmes ne sentent jamais la fin de leur être, la mort est une fable effrayante plutôt qu'une réalité. Ils la craignent brusquement, dans les moments terribles ; puis elle s'éloigne, elle s'efface, elle se perd au fond de leurs énergies. Si les fatalités sont formidables, si elles s'abattent sans répit avec la bête, la faim, le froid, les maux étranges, les cataclysmes, à peine ont-elles passé, ils ne les redoutent plus. Pourvu qu'ils aient l'abri et la nourriture, la vie est fraîche comme la rivière...

Un rugissement fend les ténèbres. Le sanglier prend du champ, l'élaphe bondit, convulsif, ses bois plus penchés sur la nuque, et cent structures ont palpité. D'abord, c'est, près de la tremblaie, une forme nébuleuse ; puis une silhouette oscillante, dont la puissance se décèle dans chaque geste ; une fois encore, Naoh aura vu le lion géant. Tout a fui. La solitude est sans bornes. La bête colossale s'avance avec inquiétude. Elle connaît la vitesse, la vigilance, le flair aigu, la prudence, les ressources innombrables de ceux qu'elle doit atteindre. Cette terre, où sa race a presque disparu, est moins tiède et plus pauvre ; elle y vit d'un effort épuisant. Toujours, la faim ronge son ventre. À peine si elle s'accouple encore ; les terroirs où la proie suffit à un couple sont devenus plus rares, même là-bas, vers le soleil, ou dans les vallées chaudes. Et le survivant qui rôde dans le pays du grand marécage ne laissera point de descendance.

Malgré la hauteur et l'escarpement du roc, Naoh sent ses entrailles tordues. Il s'assure que le Feu défend l'étroit accès, il saisit la massue et le harpon ; Nam et Gaw aussi sont prêts à combattre ; tous trois, tapis contre le roc, sont invisibles.

Le lion-tigre s'est arrêté ; ramassé sur ses pattes musculeuses, il considère cette haute clarté qui trouble les ténèbres comme un crépuscule. Il ne la confond pas avec la lueur du jour et moins encore avec cette lumière froide qui le gêne à l'embuscade. Confusément, il revoit des flammes dévorant la savane, un arbre brûlé par la foudre, ou même les feux de l'homme, qu'il a parfois frôlés, il y a longtemps, dans les territoires d'où l'ont successivement exilé la famine, la crue des eaux ou leur retraite qui rend l'existence impossible. Il hésite, il gronde, sa queue fouette furieusement, puis il s'avance et flaire les effluves. Ils sont faibles, car ils s'élèvent puis s'éparpillent avant de redescendre ; la petite brise les porte vers la rivière. Il sent à peine la fumée, moins encore la chair rôtie, pas du tout l'odeur des hommes ; il ne voit rien que ces lueurs bondissantes, dont les éclairs rouges et jaunes croissent, décroissent, se déploient en cônes, coulent en nappes, se mêlent dans l'ombre soudaine des fumées. La mémoire d'aucune proie ne s'y associe ni d'aucun geste de combat ; et la brute, saisie d'une crainte chagrine, ouvre sa gueule immense, caverne de mort d'où rauque le rugissement... Naoh voit s'éloigner le lion géant vers les ténèbres où il pourra dresser son piège...

— Aucune bête ne peut nous combattre !
s'exclame le chef avec un rire de défi.

Depuis un moment, Nam a tressailli. Le dos
tourné au feu, il suit du regard, à l'autre rive, un
reflet qui rebondit sur les eaux, s'infiltre parmi les
saules et les sycomores. Et il murmure, la main
tendue :

— Fils du Léopard, des hommes sont venus !

Un poids descend sur la poitrine du chef, et tous
trois unissent leurs sens. Mais les rives sont désertes,
ils n'entendent que le clapotement des eaux ; ils ne
distinguent que des bêtes, des herbes et des arbres.

— Nam s'est trompé ? interroge Naoh.

Le jeune homme répond, sûr de sa vision :

— Nam ne s'est pas trompé... Il a aperçu les corps
des hommes, parmi les branches des saules... Ils
étaient deux.

Le chef ne doute plus ; son cœur se convulse
entre l'angoisse et l'espérance. Il dit tout bas :

— C'est ici le pays des Oulhamr. Ceux que tu as
vus sont des chasseurs ou des éclaireurs envoyés par
Faouhm.

Il s'est levé, il développe sa grande stature. Car il
ne servirait à rien de se cacher : amis ou ennemis
savent trop la signification du Feu. Sa voix clame :

— Je suis Naoh, fils du Léopard, qui a conquis le
Feu pour les Oulhamr. Que les envoyés de Faouhm se
montrent !

La solitude demeure impénétrable. La brise
même s'est assoupie et la rumeur des fauves ; seuls le
ronflement des flammes et la voix fraîche de la rivière

semblent s'accroître.

— Que les envoyés de Faouhm se montrent ! répète le chef. S'ils regardent, ils reconnaîtront Naoh, Nam et Gaw ! Ils savent qu'ils seront les bienvenus.

Tous trois, debout devant le feu rouge, montrent des silhouettes aussi visibles qu'en plein jour et poussent le cri d'appel des Oulhamr.

L'attente. Elle mord le cœur des compagnons ; elle est grosse de toutes les choses terribles. Et Naoh gronde :

— Ce sont des ennemis !

Nam et Gaw le savent bien et toute joie les quitte. Le péril est plus dur, qui les frappe dans cette nuit où le retour semblait si proche. Il est plus équivoque aussi, puisqu'il vient des hommes. Sur ce sol voisin du grand marécage, ils ne pressentaient d'autre approche que celle de leur horde. Est-ce que les vainqueurs de Faouhm l'ont attaqué encore ? Les Oulhamr ont-ils disparu du monde ?

Naoh voit Gammla conquise ou morte. Il grince des mâchoires et sa massue menace l'autre rive. Puis, accablé, il s'accroupit devant le bûcher, il songe, il guette...

Le ciel s'est ouvert à l'orient, la lune à son dernier quartier apparaît au fond de la savane. Elle est rouge et fumeuse, énorme ; sa lueur est faible encore, mais elle fouille les profondeurs du site : la fuite que médite le chef deviendra presque impossible si les hommes cachés sont en nombre et s'ils ont dressé des embuscades.

Tandis qu'il y pense, un grand frémissement le secoue. À l'aval, il vient d'apercevoir une silhouette trapue. Si rapidement qu'elle ait disparu dans les roseaux, la certitude le pénètre comme la pointe d'un harpon. Ceux qui se cachent sont bien des Oulhamr : mais Naoh préférerait les Dévoreurs d'Hommes ou les Nains Rouges. Car il vient de reconnaître Aghoo-le-Velu.

10

Aghoo-le-Velu

Il revécut, en quelques battements de cœur, la scène où Aghoo et ses frères s'étaient dressés devant Faouhm et avaient promis de conquérir le Feu. La menace flamboyait dans leurs yeux circulaires, la force et la férocité accompagnaient leurs gestes. La horde les écoutait avec tremblement. Chacun des trois aurait tenu tête au grand Faouhm. Avec leurs torses aussi velus que celui de l'ours gris, leurs mains énormes, leurs bras durs comme des branches de chêne, avec leur ruse, leur adresse, leur courage, leur union indestructible, leur habitude de combattre ensemble, ils valaient dix guerriers. Et, songeant à tous ceux qu'ils avaient tués ou dont ils avaient rompu les membres, une haine sans bornes contractait Naoh.

Comment les abattre ? Lui, le fils du Léopard, se croyait l'égal d'Aghoo : après tant de victoires, sa confiance en soi s'était parfaite ; mais Nam et Gaw seraient pris comme des léopards devant des lions !

La surprise et tant d'impressions bondissant dans sa tête n'avaient pas retardé la résolution de Naoh. Elle fut aussi rapide que le bond du cerf surpris au gîte.

— Nam partira d'abord, commanda-t-il, puis Gaw. Ils emporteront les sagaies et les harpons, je jetterai leurs massues quand ils seront au bas du roc. Je porterai seul le Feu.

Car il ne put se résigner, malgré les pierres mystérieuses des Wah, à abandonner la flamme conquise.

Nam et Gaw comprirent qu'il fallait gagner de vitesse Aghoo et ses frères, non seulement cette nuit, mais jusqu'à ce qu'on eût rejoint la horde. En hâte, ils saisirent leurs armes de trait, et déjà Nam descendait l'escarpement, Gaw le suivant à deux hauteurs d'homme. Leur tâche fut plus rude que pour la montée, à cause des lueurs fausses, des ombres brusques et parce qu'il fallait tâter dans le vide, découvrir des anfractuosités invisibles, se coller étroitement contre la paroi.

Quand Nam se trouva près d'arriver, un cri d'effraie jaillit de la rive, une bramée lui succéda, puis le mugissement du héron-butor. Naoh, penché au bord de la plate-forme, vit jaillir Aghoo d'entre les joncs. Il arrivait en foudre. Un instant plus tard, ses frères surgissaient, l'un au sud et l'autre au levant.

Nam venait de bondir sur la plaine.

Alors, Naoh sentit son cœur plein de trouble. Il ne savait s'il fallait jeter la massue à Nam ou le rappeler. Le jeune homme était plus agile que les fils de l'Aurochs, mais, comme ils convergeaient vers le roc, il passerait à portée de la sagaie ou du harpon... L'hésitation du chef fut brève, il cria :

— Je ne jetterai pas la massue à Nam..., elle alourdirait sa course ! Qu'il fuie..., qu'il aille avertir les Oulhamr que nous les attendons ici, avec le Feu.

Nam obéit, tout tremblant, car il se connaissait faible devant les frères formidables, à qui sa courte pause avait fait gagner du terrain. Après quelques bonds, il trébucha et dut reprendre son élan. Et Naoh, voyant le péril s'accroître, rappela son compagnon.

Déjà, les Velus étaient proches. Le plus agile lança la sagaie. Elle perça le bras du jeune homme au moment où il commençait l'escalade ; l'autre, poussant un cri de mort, fondit sur Nam pour le broyer. Naoh veillait. D'un bras terrible, il lança une pierre : elle traça un arc dans la pénombre, elle fit craquer le fémur de l'assaillant, qui s'abattit. Avant que le fils du Léopard eût choisi un deuxième projectile, le blessé, avec des rauquements de rage, disparut derrière un buisson.

Puis il y eut un grand silence. Aghoo s'était dirigé vers son frère, il examinait sa blessure. Gaw aidait Nam à regagner la plate-forme ; Naoh, debout dans la double clarté du brasier et de la lune, levant à deux mains un quartier de porphyre, se tenait prêt à lapider les agresseurs. Sa voix se fit entendre la première :

— Les fils de l'Aurochs ne sont-ils pas de la même horde que Naoh, Nam et Gaw ? Pourquoi nous attaquent-ils comme des ennemis ?

Aghoo-le-Velu se dressa à son tour. Ayant poussé son cri de guerre, il répondit :

— Aghoo vous traitera comme des amis si vous voulez lui donner sa part du Feu et comme des élaphes si vous la lui refusez.

Un ricanement formidable ouvrait ses mâchoires ; sa poitrine était si large qu'on aurait pu y coucher une panthère. Le fils du Léopard s'écria :

— Naoh a conquis le Feu sur les Dévoreurs d'Hommes. Il partagera le Feu quand il aura rejoint la horde !

— Nous voulons le Feu maintenant... Aghoo aura Gammla et Naoh recevra une double part de chasse et de butin.

La fureur fit trembler le fils du Léopard.

— Pourquoi Aghoo aurait-il Gammla ? Il n'a pas su conquérir le Feu ! Les hordes se sont moquées de lui...

— Aghoo est plus fort que Naoh. Il ouvrira vos ventres avec le harpon et brisera vos os avec la massue.

— Naoh a tué l'ours gris et la tigresse. Il a abattu dix Dévoreurs d'Hommes et vingt Nains Rouges. C'est Naoh qui tuera Aghoo !

— Que Naoh descende dans la plaine !

— Si Aghoo était venu seul, Naoh serait allé le combattre.

Le rire d'Aghoo éclata, vaste comme un rugissement :

— Aucun de vous ne reverra le grand marécage !

Tous deux se turent. Naoh comparait, avec un frisson, les torses minces de Nam et de Gaw aux structures effrayantes des fils de l'Aurochs. Pourtant, ne remportait-il pas le premier avantage ? Car, si Nam était blessé, un des trois frères était incapable de poursuivre un ennemi.

Le sang coulait du bras de Nam. Le chef y appliqua les cendres du foyer et le recouvrit d'herbes. Puis, tandis que ses yeux veillaient, il se demanda comment il allait combattre. Il ne fallait pas espérer surprendre la vigilance d'Aghoo et de ses frères.

Leurs sens étaient parfaits, leurs corps infatigables. Ils avaient la force, la ruse, l'adresse et l'agilité ; un peu moins rapides que Nam ou Gaw, ils les dépassaient par le souffle. Seul le fils du Léopard, plus vite dans le premier élan, leur était égal par l'endurance.

La situation se peignait par fragments dans la tête du chef, et, rattachant ces fragments, l'instinct leur donnait une cohérence. Naoh voyait ainsi les péripéties de la fuite et du combat ; il était déjà tout action tandis qu'il demeurait encore accroupi dans la lueur cuivreuse. Il se leva enfin ; un sourire de ruse passa sur ses paupières ; son pied grattait la terre comme le sabot d'un taureau. D'abord, il fallait éteindre le foyer, afin que, même vainqueurs, les fils de l'Aurochs n'eussent ni Gammla ni la rançon. Naoh jeta dans la rivière les plus gros brandons ; aidé par ses compagnons, il tua le Feu avec de la terre et des pierres. Il ne garda en vie que la faible flamme d'une des cages. Ensuite, il organisa de nouveau la descente. Cette fois, Gaw devait ouvrir la marche. À deux hauteurs d'homme, il s'arrêterait sur une saillie assez large pour s'y tenir en équilibre et lancer des sagaies.

Le jeune Oulhamr obéit rapidement.

Quand il parvint au but assigné, il poussa un cri léger pour avertir le chef.

Les fils de l'Aurochs s'étaient mis en bataille. Aghoo faisait face au roc, le harpon au poing ; le blessé, debout contre un arbuste, tenait prêtes ses armes, et le troisième frère, Roukh aux-bras-rouges, moins éloigné que les autres, allait et venait circulairement. Debout sur une avancée de la plate-forme, Naoh tantôt se penchait vers la plaine et tantôt brandissait une sagaie. Il saisit le moment où Roukh était le plus proche, pour lancer l'arme. Elle franchit un espace qui étonna le fils de l'Aurochs, mais il s'en fallait de cinq longueurs d'homme qu'elle ne l'atteignît. Une pierre que Naoh lança ensuite retomba à une distance moindre.

Roukh poussa un cri de sarcasme :

— Le fils du Léopard est aveugle et stupide.

Plein de mépris, il éleva son bras droit qu'armait la massue. D'un geste furtif, Naoh saisit une arme préparée : c'était un de ces propulseurs dont il avait appris l'usage dans la horde des Wah. Il lui imprima une rotation rapide. Roukh, assuré que c'était un geste de menace, se remit en marche avec un ricanement. Comme il ne regardait plus le roc de face, la lueur était incertaine et il ne vit pas venir le trait. Quand il l'aperçut, il était trop tard : sa main se trouva percée à l'endroit où le pouce se joint aux autres doigts. Avec un cri de rage, il lâcha sa massue...

Alors, une grande stupeur saisit Aghoo et ses frères. La portée qu'avait atteinte Naoh dépassait de loin leur prévision. Et, sentant leur force décrue devant une ruse mystérieuse, tous trois reculèrent : Roukh n'avait pu ressaisir sa massue que de la main gauche.

Cependant, Naoh profitait de leur surprise pour aider Nam à descendre ; les six hommes se trouvèrent dans la plaine, attentifs et pleins de haine. Tout de suite, le fils du Léopard obliqua vers la droite, par où le passage était plus large et plus sûr. Là, Aghoo barrait la route. Ses yeux circulaires épiaient chaque geste de Naoh. Il s'entendait merveilleusement à éviter la sagaie et le harpon. Et il s'avançait dans l'espoir que les adversaires épuiseraient sur lui, vainement, leurs projectiles, tandis que Roukh arrivait au galop. Mais Naoh recula, fit un crochet brusque et menaça le troisième frère, qui attendait, appuyé sur un harpon. Ce mouvement força Roukh et Aghoo à évoluer vers l'ouest ; l'étendue s'ouvrit, plus large ; Nam, Gaw et Naoh se précipitèrent ; ils pouvaient maintenant fuir sans crainte d'être cernés.

— Les fils de l'Aurochs n'auront pas le Feu !... cria le chef d'une voix retentissante. Et Naoh prendra Gammla.

Tous trois fuyaient sur la plaine libre, et peut-être auraient-ils pu atteindre la tribu sans combattre. Mais Naoh comprenait qu'il fallait cette nuit même risquer la mort contre la mort. Deux des Velus étaient blessés. Se dérober à la lutte, c'était leur donner la guérison, et le péril renaîtrait plus terrible.

Dans cette première phase de la poursuite, Nam même, malgré sa blessure, eut l'avantage. Les trois compagnons gagnèrent plus de mille pas. Ensuite, Naoh arrêta la course, remit le Feu à Gaw et dit :

— Vous courrez sans vous arrêter vers le couchant... jusqu'à ce que je vous rejoigne.

Ils obéirent, gardant leur vitesse, tandis que le chef suivait plus lentement. Bientôt il se retourna, il fit face aux Velus, les menaçant du propulseur. Quand il les jugea assez proches, il obliqua vers le nord, dépassa leur droite et prit son galop vers la rivière... Aghoo comprit. Il poussa une clameur de lion et se rejeta avec Roukh au secours du blessé. Dans son désespoir, il atteignit une vitesse égale à celle de Naoh. Mais cette vitesse dépassait sa structure. Le fils du Léopard, mieux construit pour l'élan, reprit l'avantage. Il arriva près du roc avec trois cents pas d'avance et se trouva face à face avec le troisième frère.

Celui-ci l'attendait, formidable. Il lança une sagaie. Mal d'aplomb, il manqua le but, et déjà Naoh fondait sur lui. La force et l'adresse du Velu étaient telles que, malgré sa jambe engourdie, il eût broyé Nam ou Gaw. Pour combattre le grand Naoh, il exagéra son élan : le coup de sa massue fut si terrible qu'il eût fallu ses deux pieds pour en supporter l'ébranlement, et, tandis qu'il trébuchait, l'arme de son adversaire s'abattit sur sa nuque et le terrassa. Un deuxième coup fit craquer les vertèbres.

Aghoo n'était plus qu'à cent pas ; Roukh, affaibli par le sang qui coulait de sa main, et moins leste, avait cent pas de retard. Tous deux arrivaient au but comme des rhinocéros, entraînés par un si profond instinct de race qu'ils en oubliaient la ruse.

Un pied sur le vaincu, le fils du Léopard attendait, la massue prête. Aghoo fut à trois pas ; il bondit pour l'attaque... Naoh s'était dérobé. Il courait sur Roukh avec une vélocité d'élaphe. En un geste suprême, de sa massue abattue à deux poings, il écarta l'arme que Roukh, maladroitement, levait de sa main gauche, et, d'un choc sur le crâne, il étendit le deuxième antagoniste...

Puis, se dérobant encore devant Aghoo, il cria :

— Où sont tes frères, fils de l'Aurochs ? Ne les ai-je pas abattus comme j'ai abattu l'ours gris, la tigresse et les Dévoreurs d'Hommes ? Et me voici, aussi libre que le vent ! Mes pieds sont plus légers que les tiens, mon souffle est aussi durable que celui du mégacéros !

Quand il eut repris l'avance, il s'arrêta, il

regarda venir Aghoo. Et il dit :

– Naoh ne veut plus fuir. Il prendra cette nuit même ta vie ou donnera la sienne...

Il visait le fils de l'Aurochs. Mais l'autre avait retrouvé la ruse : il ralentit sa course, attentif. La sagaie perça l'étendue. Aghoo s'était baissé, l'arme siffla plus haut que son crâne.

– C'est Naoh qui va mourir ! hurla-t-il.

Il ne se hâtait plus ; il savait que l'adversaire restait maître d'accepter ou de refuser la lutte. Sa marche était furtive et redoutable. Chacun de ses mouvements décelait la bête de combat ; il apportait la mort avec le harpon ou la massue. Malgré l'écrasement des siens, il ne redoutait pas le grand guerrier flexible, aux bras agiles, aux rudes épaules. Car il était plus fort que ses frères et il ignorait la défaite. Aucun homme, aucune bête n'avait résisté à sa massue. Quand il fut à portée, il darda le harpon. Il le fit parce qu'il fallait le faire : mais il ne s'étonna pas en voyant Naoh éviter la pointe de corne. Et lui-même évita le harpon de l'adversaire.

Il n'y eut plus que les massues. Elles se levèrent ensemble ; toutes deux étaient en bois de chêne. Celle d'Aghoo avait trois nœuds ; elle s'était à la longue polie et luisait au clair de lune. Celle de Naoh était plus ronde, moins ancienne et plus pâle.

Aghoo porta le premier coup. Il ne le porta pas de toute sa vigueur ; ce n'est pas ainsi qu'il espérait surprendre le fils du Léopard. Aussi Naoh s'effaça sans peine et frappa de biais. La massue de l'autre vint à sa rencontre ; les bois s'entrechoquèrent avec un long craquement. Alors Aghoo bondit vers la droite et revint sur le flanc du grand guerrier : il frappa le coup immense qui avait brisé des crânes d'hommes et des crânes de fauves. Il rencontra le vide, tandis que la massue de Naoh rabattait la sienne. Le choc fut si fort que Faouhm même eût chancelé : les pieds d'Aghoo tenaient à la terre comme des racines. Il put se rejeter en arrière.

Ainsi se retrouvèrent-ils face à face, sans blessure, comme s'ils n'avaient pas combattu. Mais, en eux, tout avait lutté ! Chacun connaissait mieux la créature formidable qu'était l'autre, chacun savait que, s'il faiblissait le temps de faire un geste, il entrerait dans la mort, une mort plus honteuse que celle donnée par le tigre, l'ours ou le lion ; car ils combattaient obscurément pour faire triompher, à travers les temps innombrables, une race qui naîtrait de Gammla.

Aghoo reprit le combat avec un hurlement rauque ; sa force entière passa dans son bras : il abattit sa massue sans feinte, résolu à broyer toute résistance. Naoh, reculant, opposa son arme. S'il détourna le coup, il ne put empêcher un nœud de faire à son épaule une large éraflure. Le sang jaillit, il rougit le bras du guerrier ; Aghoo, sûr de détruire cette fois encore une vie qu'il avait condamnée, releva sa massue ; elle retomba, épouvantable...

Le rival ne l'avait point attendue et l'élan fit pencher le fils de l'Aurochs. Poussant un cri sinistre, Naoh riposta : le crâne d'Aghoo retentit ainsi qu'un bloc de chêne, le corps velu chancela ; un autre coup l'abattit sur la terre.

— Tu n'auras pas Gammla ! gronda le vainqueur. Tu ne reverras ni la horde ni le marécage, et plus jamais tu ne réchaufferas ton corps auprès du Feu !

Aghoo se redressa. Son crâne dur était rouge, son

bras droit pendait comme une branche rompue, ses jambes n'avaient plus de force. Mais l'instinct opiniâtre phosphorait dans ses yeux et il avait repris la massue de la main gauche. Il la brandit une dernière fois. Avant qu'elle eût frappé, Naoh la faisait tomber à dix pas.

Et Aghoo attendit la mort. Elle était en lui déjà ; il ne comprenait pas autrement la défaite ; il se souvint avec orgueil de tout ce qu'il avait tué parmi les créatures, avant de succomber lui-même.

— Aghoo a écrasé la tête et le cœur de ses ennemis ! murmura-t-il. Il n'a jamais laissé vivre ceux qui lui ont disputé le butin ou la proie. Tous les Oulhamr tremblaient devant lui.

C'était le cri de sa conscience obscure et, s'il avait pu se réjouir dans la défaite, il se serait réjoui. Du moins sentait-il la vertu de n'avoir jamais fait grâce, d'avoir toujours anéanti le piège qu'est la rancune du vaincu. Ainsi ses jours lui semblaient sans reproche... Lorsque le premier coup de mort retentit sur son crâne, il ne poussa pas une plainte ; il n'en poussa que lorsque la pensée eut disparu, qu'il ne resta qu'une chair chaude dont la massue de Naoh éteignait les derniers tressaillements.

Ensuite, le vainqueur alla achever les deux autres frères.

Et il sembla que la puissance des fils de l'Aurochs fût entrée en lui. Il se tourna vers la rivière, il écouta gronder son cœur ; les temps étaient à lui ! Il n'en voyait plus la fin.

II

Dans la nuit des âges

Chaque jour, au déclin, les Oulhamr attendaient avec angoisse le départ du soleil. Quand les étoiles seules demeuraient au firmament ou que la lune s'ensevelissait dans les nuages, ils se sentaient étrangement débiles et misérables. Tassés dans l'ombre d'une caverne ou sous le surplomb d'un roc, devant le froid et les ténèbres, ils songeaient au Feu qui les nourrissait de sa chaleur et chassait les bêtes redoutables. Les veilleurs ne cessaient de tenir leurs armes prêtes ; l'attention et la crainte harassaient leurs têtes et leurs membres : ils savaient qu'ils pouvaient être saisis à l'improviste, avant d'avoir frappé. L'ours avait dévoré un guerrier et deux femmes ; les loups et les léopards s'étaient enfuis avec des enfants ; beaucoup d'hommes portaient les cicatrices de combats nocturnes.

L'hiver venait. Le vent du nord lançait ses sagaies ; sous les ciels purs, le gel mordait avec des dents aiguës. Et une nuit, Faouhm, le chef, dans une lutte contre le lion, perdit l'usage du bras droit. Ainsi, il devint trop faible pour imposer son commandement : le désordre grandit dans la horde. Hoûm ne voulut plus obéir. Moûh prétendit être le premier parmi les Oulhamr. Tous deux eurent des partisans, tandis qu'un petit nombre restait fidèle à Faouhm. Pourtant, il n'y eut pas de lutte armée. Car tous étaient las : le vieux Goûn les entretenait de leur faiblesse et du péril qu'il y avait à s'entre-tuer. Ils le comprenaient : à l'heure des ténèbres, ils regrettaient amèrement les guerriers disparus. Après tant de lunes, ils désespéraient de revoir Naoh, Gaw et Nam ou les fils de l'Aurochs. Plusieurs fois, on délégua des éclaireurs : ils revinrent sans avoir découvert aucune piste. Alors, la méfiance appesantit les têtes : les six guerriers étaient tombés sous la griffe des fauves, sous les haches des hommes ou avaient péri par la faim. Les Oulhamr ne reverraient pas vivre le Feu secourable !

Malgré des souffrances plus vives que celles des mâles, les femmes seules gardaient une obscure confiance. La résistance patiente, qui sauve les races, subsistait en elles. Gammla était parmi les plus énergiques. Ni le froid ni la famine n'avaient entamé sa jeunesse. L'hiver accroissait sa chevelure ; elle roulait autour des épaules comme la crinière des lions. La nièce de Faouhm avait un sens profond des végétaux. Sur la prairie ou dans la brousse, sous la futaie ou parmi les roseaux, elle savait discerner la racine, le fruit, le champignon mangeables. Sans elle, le grand Faouhm aurait péri pendant la semaine où sa blessure le tint couché au fond d'une caverne, épuisé par la perte du sang. Le Feu ne lui semblait pas aussi indispensable qu'aux autres. Elle le désirait pourtant avec passion et, au début des nuits, elle se demandait si c'était Aghoo ou Naoh qui le rapporterait. Elle était prête à se soumettre, le respect du plus fort étant dans les profondeurs de sa chair ; elle ne concevait même pas qu'elle pût refuser d'être la femme du vainqueur, mais elle savait qu'avec Aghoo la vie serait plus dure.

Or un soir approcha qui s'annonçait redoutable. Le vent avait chassé les nuages. Il passait sur les herbes flétries et sur les arbres noirs, avec un long hurlement. Un soleil rouge, aussi large que la colline dressée au couchant, éclairait encore le site. Et, dans le crépuscule qui allait se perdre au fond des temps innombrables, la horde s'assemblait avec un grand frisson. Elle était faible, elle était morne. Quand reviendraient les jours où la flamme grondait en mangeant les bûches ! Alors une odeur de chair rôtie montait dans le crépuscule, une joie chaude entrait dans les torses, les loups rôdaient lamentables, l'ours, le lion et le léopard s'éloignaient de cette vie étincelante.

Le soleil sombra ; sur l'occident nu, la lumière mourut sans éclat. Et les bêtes qui vivent de l'ombre commençaient à rôder sur la terre.

Le vieux Goûn, dont la misère avait accru l'âge de plusieurs années, poussa un gémissement sinistre :

— Goûn a vu ses fils, et les fils de ses fils. Jamais le Feu n'avait été absent parmi les Oulhamr. Voilà qu'il n'y a plus de Feu... et Goûn mourra sans l'avoir revu.

Le creux du roc où s'abritait la tribu était presque une caverne. Par un temps doux, c'eût été un bon abri ; mais la bise flagellait les poitrines.

Goûn dit encore :

— Les loups et les chiens deviendront chaque soir plus hardis.

Il montrait les silhouettes furtives qui se multipliaient avec la chute des ténèbres. Les hurlements se faisaient plus longs et plus menaçants ; la nuit versait continuellement ses bêtes faméliques. Seules les dernières lueurs crépusculaires les tenaient encore éloignées. Les veilleurs, inquiets, marchaient dans l'air dur, sous les étoiles froides...

Brusquement, l'un d'eux s'arrêta et tendit la tête. Deux autres l'imitèrent.

Puis le premier déclara :

— Il y a des hommes dans la plaine !

Un tremblement passa sur la horde. Il y en avait chez qui dominait la crainte ; l'espérance enflait la poitrine des autres. Faouhm, se souvenant qu'il était encore chef, se leva de la fissure où il reposait.

— Que tous les guerriers apprêtent leurs armes ! commanda-t-il.

Dans cette heure équivoque, les Oulhamr obéirent en silence. Le chef ajouta :

— Que Hoûm prenne trois jeunes hommes et qu'il aille épier ceux qui viennent.

Hoûm hésita, mécontent de recevoir les ordres d'un homme qui avait perdu la force de son bras. Mais le vieux Goûn intervint :

— Hoûm a les yeux du léopard, l'oreille du loup et le flair du chien. Il saura si ceux qui approchent sont des ennemis ou des Oulhamr.

Alors, Hoûm et trois jeunes hommes se mirent en route. À mesure qu'ils avançaient, les fauves s'assemblèrent sur leurs traces. Ils devinrent invisibles. Longtemps la horde attendit, misérable. Enfin, une longue clameur fendit les ténèbres.

Faouhm, bondissant sur la plaine, clama :

— Ceux qui viennent sont des Oulhamr !

Une émotion terrible perça les cœurs, les petits

enfants même se levaient ; Goûn parla sa pensée et celle des autres :

— Est-ce Aghoo et ses frères... ou Naoh, Nam et Gaw ?

De nouveaux cris roulèrent sous les étoiles.

— C'est le fils du Léopard ! murmura Faouhm, avec une joie sourde.

Car il redoutait la férocité d'Aghoo.

Mais la plupart ne songeaient qu'au Feu. Si Naoh le ramenait, ils étaient prêts à se courber devant lui ; s'il ne le ramenait pas, la haine et le mépris s'élèveraient contre sa faiblesse.

Cependant, une troupe de loups se rabattait vers la horde. Le crépuscule était mort. La dernière traînée écarlate venait de s'éteindre, les étoiles étincelaient dans un firmament de glace : ah ! voir croître la chaude bête rouge, la sentir palpiter sur les poitrines et les membres !

Enfin, Naoh fut en vue. Il arrivait tout noir sur la plaine grise et Faouhm hurlait :

— Le Feu !... Naoh apporte le Feu !

Ce fut un vaste saisissement. Plusieurs s'arrêtèrent, comme frappés d'un coup de hache. D'autres bondirent avec un rauquement frénétique — et le Feu était là.

Le fils du Léopard le tendait dans sa cage de pierre. C'était une petite lueur rouge, une vie humble et qu'un enfant aurait écrasée d'un coup de silex. Mais tous savaient la force immense qui allait jaillir de cette faiblesse. Haletants, muets, avec la peur de le voir s'évanouir, ils emplissaient leurs prunelles de son image...

Puis ce fut une rumeur si haute que les loups et les chiens s'épouvantèrent. Toute la horde se pressait autour de Naoh, avec des gestes d'humilité, d'adoration et de joie convulsive.

— Ne tuez pas le Feu ! cria le vieux Goûn, lorsque la clameur s'apaisa.

Tous s'écartèrent. Naoh, Faouhm, Gammla, Nam, Gaw, le vieux Goûn formèrent un noyau dans la foule et marchèrent vers le rocher. La horde accumulait les herbes sèches, les rameaux, les branches. Quand le bûcher fut prêt, le fils du Léopard en approcha la lueur frêle. Elle s'empara d'abord de quelques brindilles ; avec un sifflement, elle se mit à mordre aux rameaux, puis, grondante, elle commença de dévorer les branches, tandis que, au bord des ténèbres refoulées, les loups et les chiens reculaient, saisis d'une crainte mystérieuse.

Alors Naoh, parlant au grand Faouhm, demanda :

— Le fils du Léopard n'a-t-il pas rempli sa promesse ? Et le chef des Oulhamr remplira-t-il la sienne ?

Il désignait Gammla debout dans la clarté écarlate. Elle secoua sa grande chevelure. Palpitante d'orgueil, elle n'avait plus de crainte. Elle était dans cette admiration dont toute la horde enveloppait Naoh.

— Gammla sera ta femme comme il a été promis, répondit presque humblement Faouhm.

— Et Naoh commandera la horde ! déclara hardiment le vieux Goûn.

Il disait ainsi, non pour mépriser le grand
Faouhm, mais pour détruire des rivalités qu'il jugeait
dangereuses. Dans ce moment où le Feu venait de
renaître, personne n'oserait le contredire.

Une approbation exaltée fit houler les mains et
les visages. Mais Naoh ne voyait que Gammla : la
grande chevelure, la vie des yeux frais parlaient le
langage de la race ; une indulgence profonde s'élevait
dans son cœur pour l'homme qui allait la lui
remettre. Pourtant, il comprenait qu'un chef au bras
débile ne pouvait commander seul aux Oulhamr. Et il
s'écria :

– Naoh et Faouhm dirigeront la horde !

Dans leur surprise, tous se turent, tandis que,
pour la première fois, Faouhm au cœur féroce se
sentait envahir d'une confuse tendresse pour un
homme non issu de ses sœurs.

Cependant, le vieux Goûn, de beaucoup le plus
curieux des Oulhamr, souhaitait connaître les
aventures des trois guerriers. Elles tressaillaient
dans le cerveau de Naoh, aussi neuves que s'il les
avait vécues la veille. En ce temps, les mots étaient
rares, leurs liens faibles, leur force d'évocation courte,
brusque et intense. Le grand Nomade parla de l'ours
gris, du lion géant et de la tigresse, des Dévoreurs
d'Hommes, des mammouths, des Nains Rouges, des
Hommes-sans-épaules, des Hommes-au-poil-bleu et
de l'ours des cavernes. Pourtant, il omit, par défiance
et par ruse, de dévoiler le secret des pierres à feu, que
lui avaient enseigné les Wah.

Le rugissement des flammes approuvait le récit ;
Nam et Gaw, par des gestes rudes, soulignaient
chaque épisode. Comme c'était le discours du
vainqueur, il pénétrait au plus profond, il faisait

haleter les poitrines.

Et Goûn clama :

— Il n'y a pas eu de guerrier comparable à Naoh parmi nos pères... et il n'y en aura point parmi nos enfants, ni les enfants de nos enfants !

Enfin, Naoh prononça le nom d'Aghoo ; les torses frissonnèrent comme des arbres dans la tempête. Car tous craignaient le fils de l'Aurochs.

— Quand le fils du Léopard a-t-il revu Aghoo ? interrompit Faouhm avec un regard de méfiance vers les ténèbres.

— Une nuit et une nuit se sont passées, répondit le guerrier. Les fils de l'Aurochs ont traversé la rivière. Ils ont paru devant le roc où se tenaient Naoh, Nam et Gaw... Naoh les a combattus !

Alors, ce fut un silence où s'éteignaient même les souffles. On n'entendait que le Feu, la bise et le cri lointain d'un fauve.

— Et Naoh les a terrassés ! déclara orgueilleusement le Nomade.

Les hommes et les femmes s'entre-regardèrent. L'enthousiasme et le doute se heurtaient au fond des cœurs. Moûh exprima l'obscur sentiment des êtres en demandant :

— Naoh les a-t-il tués tous les trois ?

Le fils du Léopard ne répondit point. Il plongea la main dans un repli de la fourrure d'ours qui l'enveloppait et il jeta sur le sol trois mains sanglantes.

— Voici les mains d'Aghoo et de ses frères !

Goûn, Moûh et Faouhm les examinèrent. Elles

ne pouvaient être méconnues. Énormes et trapues, les doigts couverts d'un poil de fauve, elles évoquaient invinciblement les structures formidables des Velus. Tous se souvenaient d'avoir tremblé devant elles. La rivalité s'éteignit au cœur des forts ; les faibles confondirent leur vie avec celle de Naoh ; les femmes sentirent la durée de la race. Et Goûn-aux-os-secs proclama :

– Les Oulhamr ne craindront plus d'ennemis !

Faouhm, saisissant Gammla par la chevelure, la prosterna brutalement devant le vainqueur.

Et il dit :

– Voilà. Elle sera ta femme... Ma protection n'est plus sur elle. Elle se courbera devant son maître ; elle ira chercher la proie que tu auras abattue et la portera sur son épaule. Si elle est désobéissante, tu pourras la mettre à mort.

Naoh, ayant abaissé sa main sur Gammla, la releva sans rudesse, et les temps sans nombre s'étendaient devant eux.

F I N

www.ingramcontent.com/pod-product-compliance
Lightning Source LLC
Chambersburg PA
CBHW021428150726
47989CB00001B/156